HARLEQUIN®
Recrea el tiempo para ti™

UNA DAMA MUY ESPECIAL
Anne McAllister

HARLEQUIN®
Recrea el tiempo para ti™

NOVELAS CON CORAZÓN

Editado por HARLEQUIN IBÉRICA, S.A.
Hermosilla, 21
28001 Madrid

I.S.B.N.: 84-396-6811-2
Depósito legal: B-47398-1998
Editor responsable: M. T. Villar
Diseño cubierta: María J. Velasco Juez
Composición: M.T., S.A.
Avda. Filipinas, 48. 28003 Madrid
Fotomecánica: PREIMPRESIÓN 2000
c/. Matilde Hernández, 34. 28019 Madrid
Impresión y encuadernación: LITOGRAFÍA ROSÉS, S.A.
c/. Progreso, 54-60. 08850 Gavá (Barcelona)
Fecha impresion para Argentina:2.5.99
Distribuidor exclusivo para España: M.I.D.E.S.A.
Distribuidor para México: INTERMEX, S.A.
Distribuidores para Argentina: interior, BERTRAN, S.A.C. Vélez
Sársfield, 1950. Cap. Fed./ Buenos Aires y Gran Buenos Aires,
VACCARO SÁNCHEZ y Cía, S.A.
Distribuidor para Chile: DISTRIBUIDORA ALFA, S.A.

Capítulo Uno

Shane Nichols estaba inquieto.

Y su hermano mayor, Mace, sabía que eso era peligroso. Mace recordaba las bromitas que su hermano solía gastar durante la adolescencia, como los cardos que ponía bajo las sillas de montar, el pegamento en el bote de lápices de la señora Steadman, el polvo pica–pica en los calzoncillos del viejo Houlihan y, por supuesto, recordaba la broma del ratón...

Por eso, cuando el médico le había aconsejado que guardara reposo durante un tiempo, Mace había estado a punto de sugerir que lo atasen a la cama.

Shane había perdido el pulgar de la mano izquierda en un accidente y le había sido reimplantado por el doctor Reeves en una operación larga y difícil que lo mantendría apartado de los rodeos durante una temporada.

Pero Shane llevaba reposando tres semanas en el pequeño rancho de su hermano en Elmer, Montana, y se estaba volviendo loco.

Ayudaba a Mace a llevar la contabilidad de las ventas de ganado, hablaban durante horas sobre el trabajo en el campo y se esforzaba por calmarse, pero estaba al borde de un ataque de nervios.

Aunque el rancho era mucho más grande que la caravana en la que estaba acostumbrado a vivir, lo que Shane necesitaba era salir de allí, moverse, viajar.

Tenía a sus sobrinos, Mark y Tony, que lo adoraban y a su sobrina, Pilar, que le cantaba canciones al piano con su infantil vocecilla estridente y aquello parecía no terminar nunca. Shane Nichols no era el tipo de hombre que pudiera estar en un sitio durante mucho tiempo. Necesitaba dramatismo, riesgo, acción.

No podía seguir en aquel rancho contándole historias a sus sobrinos, quería vivirlas, no quería estar frente a la chimenea, quería hacer una fogata en el campo.

Por eso había terminado en El Barril, un bar de la ciudad de Livingston, aquella fría noche de enero. Era la primera vez que pisaba un bar desde el accidente, pero no sabía para qué, porque no podía beber alcohol.

–Es malo para la circulación –le había dicho el médico cuando le dio el alta del hospital tres semanas antes–. Tienes que hacer que la sangre llegue a ese dedo, así que ni alcohol, ni café.

Al menos no había dicho «ni mujeres», pensaba Shane con fastidio.

No hacía falta ser un licenciado en medicina para saber que, si la sangre se concentraba en otra parte específica de su cuerpo, no llegaría al dedo implantado. Afortunadamente, había salido del hospital antes de que el viejo Reeves hubiera añadido esa tercera cláusula.

Aunque no todas las mujeres se volvieran locas por él, había disfrutado de su cuota de rendidas admiradoras en los rodeos, que insistían en darle sus números de teléfono mientras lo miraban con ojos ansiosos; una de ellas incluso lo había escrito en el cinturón de sus pantalones vaqueros.

–Pero ahí no voy a poder leerlo –había reído él.

–Ya lo sé –había contestado la atrevida jovencita–. Pero cada vez que te quites los pantalones, te acordarás de mí.

En aquel momento pensaba en ella y la sangre del dedo parecía estar deslizándose peligrosamente hacia abajo.

Un hombre sólo podía aguantar estar sin una mujer durante un período corto de tiempo y para Shane el plazo ya había pasado.

Necesitaba una distracción y eso lo había llevado a aquel bar, en el que se había alegrado de encontrar a su amigo Cash Callahan, ahogando sus penas en una botella de whisky.

–¿Un refresco? –había exclamado su amigo atónito al oír que Shane le pedía eso al camarero.

–Órdenes del médico.

Shane deseaba curarse lo antes posible para volver a lo que era su vida desde que había salido del colegio. Se había graduado sólo para contentar a su hermano pero, una vez obtenido el diploma, había desaparecido para vivir la vida de los vaqueros y no sabía qué haría si no pudiera volver a montar.

Había participado en la final del campeonato nacional de rodeos siete veces, dos de ellas quedando tercero y obteniendo un segundo puesto el año que su viejo amigo Taggart Jones había ganado el campeonato mundial.

Pero nada de eso era importante; lo único importante era ganar la hebilla de oro. Aún podría hacerlo, se decía a sí mismo, si podía volver a montar.

–No sé por qué no me ha esperado –dijo de repente su amigo, inclinado sobre la botella.

–¿A quién te refieres?

–Milly –contestó Cash, señalando hacia un grupo de mujeres sentadas a una mesa tras ellos.

–¿Quién es Milly?

–Mi novia. Mi ex–novia –contestó Cahs, sirviéndose otra copa–. Maldita sea.

Shane se dio la vuelta para estudiar a las

mujeres más de cerca. A Cash solían gustarle las mujeres llamativas y vulgares y ninguna de aquellas cuatro lo era.

Por su aspecto, todas parecían fuera de lugar en El Barril.

–¿Qué están haciendo aquí?

–Están celebrando una despedida de soltera.

–¿Y lo celebran en El Barril?

–Por lo visto es una tradición. Hace unos años, una de ellas insistió en que, antes de dar el sí, tenía que echar un vistazo a todos los hombres de la ciudad y así empezó todo –contestó él hombre, tomando otro trago de golpe.

–¿Cuál de ellas es Milly?

–La más guapa. Tiene el pelo oscuro y los ojos verdes.

Shane la reconoció enseguida. No estaba tan cerca como para ver el color de sus ojos, pero se dio cuenta de que era la más guapa. Y, desde luego, tenía una larga mata de cabello oscuro en la que un hombre podía enredar sus dedos hasta perderse, pero fue el sonido musical de su risa lo que llamó inmediatamente su atención.

–Sí, desde luego es guapa –sonrió, contagiado por la risa de la joven.

–Claro que sí. Trabaja en la floristería de Livingston –asintió Cash con tristeza.

–¿Qué pasó entre vosotros?

–Que se cansó de esperar –contestó el hom-

7

bre, tomando otro trago–. Todas las mujeres son iguales. Yo la hubiera esperado hasta que las ranas criaran pelo, pero ella no podía. Decía que estaba perdiendo el tiempo, que todas sus amigas se habían casado y que ella quería casarse también. ¿Te parezco yo el tipo de hombre hecho para el matrimonio, Shane? –preguntó, mirándolo desafiante.

–No, claro que no –contestó éste. Tampoco lo era él. El matrimonio era para otra gente.

–Yo le decía que nos casaríamos algún día –siguió Cash–. Que me diera un poco de tiempo. Entonces, una de sus amigas celebró aquí su despedida de soltera y pasó lo que tenía que pasar.

–¿Qué?

–Que conoció a un tío. Mike Dutton se llama. Un hombre de verdad... o por lo menos eso es lo que cree Milly Malone. Se casan el sábado.

–Vaya.

–Maldita sea –susurró Cash, tomando otro trago–. Me dijo que me perdiera, que se había acabado, que no quería saber nada más de mí.

–Te entiendo –asintió Shane, aunque en realidad pensaba que su amigo debería estar celebrando haberse librado del lazo.

–No tiene sentido. Ella no le quiere. Ella me quiere a *mí*.

–No lo pienses más, Cash –dijo Shane, dándole una palmadita en la espalda.

Cash Callahan era un tipo muy atractivo para las mujeres y cada vez que le guiñaba el ojo a alguna, ésta caía rendida a sus pies. Shane no conocía a aquel Mike Dutton, pero estaba seguro de que no sería ni la mitad de guapo que Cash.

–Se arrepentirá –dijo entre dientes Cash, apoyando los codos en la barra–. Ya verás cómo se arrepiente. El domingo se despertará casada con ese imbécil y entonces será demasiado tarde. Demasiado tarde –añadió, apoyando la cabeza en la barra.

–Nunca es demasiado tarde, Cash. Habla con ella, convéncela...

–No quiere escucharme. Ya lo he intentado.

–Haz que te escuche. Insiste.

–Ya –suspiró Cash–. Si estuviera aquí el sábado impediría la boda como fuera.

–Sí, eso estaría bien –sonrió Shane, mirando a las mujeres. La morena lo miró entonces y después echó una larga mirada de compasión sobre Cash antes de volverse hacia sus amigas. Shane oyó cómo se reía y le molestó. Ya le gustaría ver su cara cuando Cash impidiera la boda el sábado–. ¿Por qué no lo haces?

–No puedo. El sábado tengo que ir a Houston a montar a un bronco. Se llama Deliverance –pronunció el nombre casi con reverencia.

–Lo conozco. Es muy bueno –dijo Shane. Si

9

Cash podía mantenerse sobre él durante más de un minuto, ganaría mucho dinero.

–Así que no estaré aquí el sábado. Si ella quisiera esperarme, yo vuelvo el martes...

Pero ella no lo esperaría. Los dos lo sabían. Y se casaría con ese tal Dutton.

Shane miró a las mujeres de nuevo. La del pelo largo, Milly, volvió a cruzar la mirada con él, pero la apartó inmediatamente.

Se sentía culpable, pensaba Shane. Y con toda la razón.

No había mejor tipo en el mundo que Cash Callahan. A veces era un poco impulsivo, a veces bebía un poco más de la cuenta, a veces desaparecía para montar a un bronco, pero era un buen chico.

–¿Preparado para el viaje? –preguntó Dennis Cooper, uno de los compañeros de Cash, colocándose a su lado en la barra. Sin decir nada, Cash se dio la vuelta y se quedó mirando a las mujeres. Ninguna de ellas le prestó atención y Cash suspiró–. Lo mejor será que salgamos cuanto antes porque en la radio han dicho que va a haber una tormenta de nieve.

–Pues vámonos. Aquí ya no hay nada para mí. Cuídate, Shane –dijo Cash, colocándose el sombrero y yendo hacia la puerta del local con Dennis. Cuando pasó delante de las mujeres, las miró, pero ellas siguieron riendo y brindando como si nada. Aquella Milly no tenía corazón, se decía a sí mismo Shane.

En cuanto Cash salió por la puerta, vencido, Milly levantó los ojos y Shane pudo ver en ellos una sombra de tristeza. Después, se volvió hacia sus amigas y dijo algo muy seria.

O sea, que la chica tenía sentimientos después de todo.

Aquella noche Shane tomaba una decisión: salvaría a Milly para que no cometiera un error fatal.

Era lo menos que podía hacer por su amigo.

Al día siguiente, el viernes, fue al pueblo y se dispuso a vigilar la floristería de Livingston, donde Cash le había dicho que trabajaba su ex–novia.

Había empezado a nevar y Shane encendió la calefacción de su camioneta mientras esperaba.

Un par de horas más tarde Milly salió de la tienda y subió a un apartamento cercano. Shane imaginaba que era su casa y estaba pensando si debería llamar, presentarse y convencerla de que, lo que estaba a punto de hacer era un error.

Pero claro, era una estupidez. ¿Cómo iba él a convencerla si Cash no había podido? Además, no era hombre de muchas palabras; lo suyo era la acción.

Seguía pensando sobre lo que debía hacer

cuando ella salió del apartamento y volvió a tomar el camino hacia la floristería. Shane esperó de nuevo frente a la tienda hasta las cinco y, a esa hora, la vio salir con otra de las chicas que había estado con ella en El Barril la noche anterior. Las dos subieron a la furgoneta y se alejaron.

Shane las siguió hasta la puerta de una iglesia en la que había mucha gente. Sabía lo que iban a hacer: un ensayo de la ceremonia que tendría lugar al día siguiente.

La nieve que había empezado a caer por la mañana había cuajado y, cuando salieron de la iglesia, había casi un palmo en el suelo.

El grupo de gente, en diferentes coches, se dirigió hacia un restaurante a las afueras de la ciudad y Shane decidió entrar y colocarse en la barra. Desde allí podía ver lo que pasaba mientras tomaba un refresco y decidía qué debía hacer.

Iba por el cuarto refresco cuando Milly se levantó para ir al cuarto de baño y sus miradas se cruzaron.

Durante un segundo, todo pareció pararse. Las conversaciones, las risas, el tintineo de las copas. Y su corazón. ¿Su corazón?

Shane tuvo que toser para salir de aquel estado catatónico. Su corazón no podía pararse, se decía a sí mismo. Quizá estaba latiendo un poco más rápido de lo normal, pero desde luego no se le iba a parar.

Había mucho humo en el bar y tenía que

haber sido eso lo que lo había hecho quedarse sin respiración.

Cuando la joven salió del baño no se miraron.

Lo que estaba haciendo era una estupidez, se decía a sí mismo. Pero tampoco podía dejar que aquella chica se casara con otro hombre que no fuera Cash.

En ese momento, el grupo se levantó de la mesa y salieron del restaurante. Shane pagó los refrescos y salió tras ellos.

Cash habría evitado aquella boda si hubiera estado allí, se repetía a sí mismo. Pero estaba en Houston, en un rodeo que podía ser el más importante de su vida y no podía hacer lo que había que hacer. Así que Shane lo haría por él.

Al final fue más fácil de lo que había pensado.

Un tipo que se ganaba la vida montando caballos y toros salvajes sabía que, si quería ganar, tenía que aprovechar cualquier oportunidad que se le presentase.

Cuando Milly y la otra chica se separaron del grupo y subieron a la furgoneta, Shane se dispuso a seguirlas de nuevo.

La tormenta de nieve acababa de empezar con toda su fuerza y Shane, con la mano escayolada contra el pecho, sujetaba el volante con la mano sana, preguntándose dónde demonios irían a aquellas horas de la noche.

La respuesta estuvo clara casi inmediatamente: de vuelta a la floristería.

Shane paró el coche unos metros detrás de ellas y apagó los faros, pero mantuvo el motor en marcha.

Unos segundos más tarde, las dos entraron en la tienda y poco después, volvieron a salir cargadas de ramos de flores con los que intentaban llegar hasta la furgoneta, pero la tormenta se lo ponía difícil y Milly estuvo a punto de resbalar en la nieve.

Entraron y salieron de la tienda cuatro veces y, cuando de nuevo arrancaron, Shane las siguió a una distancia prudente.

En la carretera apenas había tráfico; todos los que tenían un poco de sentido común estaban a resguardo en sus casas. Excepto él.

Poco tiempo después vio que paraban frente a la iglesia de nuevo. Las dos chicas hicieron varios viajes al interior de la iglesia cargadas de flores y, cuando terminaron, se pusieron a jugar en la nieve como dos niñas. Shane podía ver desde lejos los copos que se enredaban en el pelo de Milly y, aunque no podía oír su risa, se la imaginaba. El recuerdo de aquel sonido musical hizo que sintiera un extraño deseo de volver a oírla y... algo más.

–Maldita sea –susurró, sintiendo una incómoda sensación dentro de los pantalones vaqueros.

Necesitaba una mujer. Pero una que fuera

suya; él no tenía costumbre de ir detrás de las mujeres de otros.

A pesar de ello, no pudo evitar limpiar el cristal del parabrisas para verla mejor

En ese momento, vio que un Chevrolet de color blanco paraba detrás de la furgoneta y de él salía un tipo alto y rubio que tomó a la amiga de Milly en brazos. Debía de ser el padrino, pensaba Shane.

Después de eso, los tres volvieron a entrar en la iglesia y Shane se quedó esperando.

¿Para qué?, se preguntaba a sí mismo. ¿Es que iba a quedarse allí toda la noche?

No, claro que no. Iba a intentar convencerla, iba a explicarle que ese Mike Dutton, fuera quien fuera, no era hombre para ella.

No sabía qué razones le iba a dar, pero tendría que buscarlas.

La puerta de la iglesia se abrió y el tipo y la otra chica salieron y se alejaron en el coche.

Shane pensó que aquel era el momento adecuado para hablar con Milly y salió de la camioneta pero, cuando iba a entrar en la iglesia, Milly salió de ella y, de nuevo, sus miradas se cruzaron.

Al principio, ella lo miró con cierta aprensión, pero después sonrió y el corazón de Shane empezó a latir con fuerza.

–Tú eres el amigo de Cash.

Sí, claro, Cash. Tenía que recordar que era el amigo de Cash, se decía Shane.

–Pues sí. Tengo que hablar contigo –dijo, con voz un poco entrecortada.

–Cash es un idiota –dijo ella de repente, dejando de sonreír. En aquel momento estaba tan cerca que podía ver el color de sus ojos. No eran exactamente verdes, como le había dicho Cash; eran más bien color pardo, con un fondo verde. Un hombre se podía quemar en unos ojos como aquellos–. Se quedó allí sentado como un tonto, sin decir nada. Es increíble.

–¿Cash? –preguntó Shane sorprendido–. ¿Y por qué no dijiste tú algo?

–¿Yo? ¿Por qué? Era él quien tenía que haber dicho algo –replicó ella–. ¿O es que creía que con mandarte a ti a espiar se arreglaba todo?

–Yo no te estoy espiando... –empezó a decir él, avergonzado.

–Te he visto en el restaurante y he visto cómo nos seguías. Estabas espiando –lo interrumpió ella–. Bueno, ¿no querías hablar? Pues habla.

–Es demasiado tarde para hablar –replicó Shane, furioso por la actitud de la joven–. Demasiado tarde.

Diciendo eso, dio un paso hacia ella, la cargó sobre sus hombros y se dirigió a la camioneta.

Capítulo Dos

–¿Pero qué...? –empezó a decir ella, atónita. Shane seguía caminando, ignorando sus protestas y sus furiosas patadas, excepto una que pasó muy cerca de una parte muy vulnerable de su anatomía. Sujetándole el trasero con la mano escayolada, abrió la puerta trasera de la camioneta y la soltó dentro, esquivando a la vez un puñetazo y cerrando la puerta rápidamente desde fuera–. ¿Qué estás haciendo? ¡Sácame de aquí! –exclamó ella mientras Shane intentaba cerrar con llave–. ¡Abre la puerta, maldita sea!

–De eso nada.

Hubo un momento de calma y ella dejó de dar golpes.

–Déjame salir –dijo ella.

–No.

–¿Por qué no? ¿Qué estás intentando hacer?

–Lo que acabo de hacer.

–¡No puedes hacer eso! ¡Aún no he terminado de...!

–Sí has terminado.

–Pero las flores...

–Lo de las flores da igual, porque no va a haber boda.

Después de eso hubo un completo silencio.

–¿Cómo que no va a haber boda?

–No puede haber una boda si no hay novia.

El silencio fue entonces aterrador. Por fin había conseguido que se callara.

–¿Que no va a haber boda? –la voz de ella sonaba ahogada.

Por un momento sintió pena por ella, pero entonces recordó la desesperación de su amigo y la propia expresión de ella cuando lo vio que salía del bar.

Aquello era lo que ella quería; el problema era que no se atrevía a hacerlo. Ni ella ni Cash habían podido arreglar sus diferencias por orgullo y él parecía ser el único capaz de solucionar la situación.

–No va a haber boda –dijo Shane con firmeza–. Es por tu propio bien.

–¿Por mi propio bien? –preguntó ella, incrédula.

–Por tu propio bien –repitió él–. Pero no te preocupes. Tú quédate ahí calladita y yo lo arreglaré todo –añadió, dirigiéndose hacia la parte delantera del coche.

–¡Espera!

–¿Qué?

–¿Lo estás diciendo en serio?

Shane pensaba que, por fin, ella había recuperado el sentido común.

–Claro que lo digo en serio. ¿Qué te creías? –le espetó–. Quédate ahí sentada y cálmate. No te voy a hacer nada.

–¿Cómo quieres que me calme si me estás secuestrando?

–No te estoy secuestrando. Te estoy... requisando.

–¿Requisando?

–Bueno, lo que sea –replicó él–. No voy a quedarme aquí toda la noche bajo la nieve para explicártelo.

Secuestrar o requisar mujeres no era algo que Shane hiciera todos los días y no tenía ni idea de dónde podía llevarla. Desde luego, no podía ir al rancho de su hermano y tampoco podía llevarla a un motel, pero tampoco podía seguir conduciendo durante mucho más tiempo con aquella tormenta.

La nieve cada vez caía con más fuerza y, cuando llegaron a las afueras de Livingston, apenas podía ver a través del cristal.

Tenía que llevarla a algún sitio hasta que pasara la fecha de la boda y tenía que hacerlo pronto.

Entonces recordó la cabaña de Taggart Jones en las colinas. Taggart era un buen tipo y no le importaría que la usara durante unos días.

Su hermano y Jenny habían vivido allí algún tiempo, antes de casarse y Taggart sólo iba de vez en cuando, así que Shane pensó, aliviado, que era una gran idea.

No había teléfono, ni carreteras cercanas, ni creía que nadie fuera a ir por allí buscando una novia perdida.

Y Cash no se lo creería cuando volviera y se encontrara a Milly esperándolo.

Las carreteras estaban tan cubiertas de nieve que llevaban una hora recorriendo un camino que se hacía normalmente en quince minutos. Iba a muy poca velocidad y aún así tuvo que dar marcha atrás un par de veces para tomar impulso pero, cuando estaban a punto de llegar, la camioneta se quedó atascada.

El tiempo estaba empeorando y ni siquiera podía distinguir la cabaña desde donde estaban. Parecían perdidos en medio de la nieve.

Cuando Shane salió para empujar la camioneta, vio a Milly asomando la cabeza por la ventanilla trasera. Parecía querer decirle algo, pero era imposible oírla con el viento.

Él negó con la cabeza y entró de nuevo en la camioneta, rezando para que se pusiera en marcha. Y lo hizo, pero para volver a quedarse atascada, aún más profundamente, en la nieve.

–¡Maldita sea! –exclamó, furioso. Un golpecito en la ventanilla que había a su espalda le hizo volver la cabeza–. ¿Qué? –preguntó a gritos.

–Necesito ir al baño –gritó ella a su vez.

–Tú misma –sonrió él, señalando la nieve.

–¿Es que no podemos salir de aquí?

–Estamos atascados –contestó él–. Vamos, tendremos que andar –añadió, saliendo de la camioneta.

Cuando ella saltó del coche, la nieve casi le llegaba por las rodillas.

–¿Dónde vamos?

–A una cabaña que hay al final del camino.

–¿Qué camino? –preguntó ella, mirando alrededor.

–Ven conmigo –dijo él, tomándola del brazo.

–¿Hay calefacción en la cabaña?

–Claro –contestó él, muy convencido. Cuando llegaron a la cabaña se dieron cuenta de que había calefacción, pero no estaba encendida. Y tampoco había agua–. Hay un servicio ahí fuera.

–¿Qué clase de servicio?

–Un servicio. Y tendrás que apañarte por ahora. Mientras tanto, yo voy a intentar arreglar la calefacción. ¿Yo qué sabía si esto iba a estar así? ¿Qué crees, que lo he planeado todo?

–No, ya veo que no –contestó ella burlona.

No podía encender una cerilla con la mano izquierda. Lo había intentado, pero no podía hacerlo.

Las cerillas se doblaban o se partían y no

21

había forma. Por fin pudo encender una de ellas, pero cuando Milly abrió la puerta, se apagó.

–¡Maldita sea!

Milly miró el montón de cerillas en el suelo y después su mano escayolada.

–¿Qué te ha pasado?

–Es una larga historia.

–Me parece que vamos a tener tiempo –replicó ella, mirando el paisaje por la ventana–. Así que, repito: ¿qué te ha pasado?

–Me arranqué el pulgar.

–¿A propósito? –preguntó ella, dando un respingo.

–¡Claro que no! Estaba ayudando a un amigo a meter un caballo en el camión cuando se rompió uno de los ganchos y se me quedó el dedo entre... bueno, da igual.

–Ah, tú eres uno de esos de los rodeos, como Cash –dijo ella, mirando la escayola–. Debió dolerte mucho.

–Sí, pero lo tomé del suelo y me lo han reimplantado –dijo él, agachándose para tomar otra cerilla.

–¿Que lo tomaste del suelo?

–¿Por qué no?

–Dame eso –dijo ella, con un escalofrío, alargando la mano para tomar las cerillas. Encendiendo una de ellas, la aplicó a los papeles de periódico que había sobre los troncos de la chimenea. El papel se encendió y la llama prendió sobre los troncos. Un minuto más tarde, un calor más que bienvenido empezó a sentirse por toda la habitación–. Qué bien, ya hace calorcito –sonrió Milly, extendiendo las manos hacia el fuego.

Shane también sentía calor y no tenía nada que ver con la chimenea. Un calor incontenible se estaba concentrando en una parte de su cuerpo, que no era el dedo, y todo por aquella sonrisa.

Entendía por qué Cash estaba loco por ella. Tenía una forma de mirar que hacía que a uno se le pusiera la piel de gallina. Y otras cosas.

–Gracias.

–De nada –contestó ella, ajena a la reacción masculina, echándose el pelo hacia atrás.

–Voy a mirar la calefacción –dijo él, saliendo apresuradamente.

–Si necesitas una cerilla, llámame.

No iba a necesitar nada de ella, nada en absoluto, se decía a sí mismo.

No necesitaba una cerilla ni para arreglar la calefacción ni para calentarse a sí mismo porque gracias a la reacción de su cuerpo estaba más que caliente.

La llave de la calefacción se abrió sin problemas y, sin embargo, Shane se quedó fuera, recordándose a sí mismo que aquella era la chica de Cash. No volvería dentro hasta que se hubiera convencido a sí mismo de ello y pudiera tratarla con indiferencia.

Cuando se agachó para comprobar que el calentador estaba encendido se dio cuenta de que necesitaba encender el piloto con una cerilla.

–¡Maldita sea!

–Espera –aquella voz hizo que casi diera un salto–. Yo lo encenderé.

Estaba tan cerca que Shane podía sentir su aliento en el cuello; tan cerca que podía oler su perfume. La joven encendió el piloto, pero no se movió; se quedó allí, a su lado. Sus rodillas se rozaban y el pelo de ella estaba casi sobre su hombro. Shane se preguntaba si podría oír los latidos de su corazón.

Después de unos segundos, Shane soltó el botón y el piloto se mantuvo encendido.

–¡Estupendo!

–¿Quieres que te ayude a encender el calentador del agua? –preguntó ella con una sonrisa.

–Claro –consiguió contestar él–. ¿Por qué no?

Le hubiera gustado decir que no, que lo haría él solo, que dejara de estar tan cerca de él, pero no podía.

Así que repitieron el dúo.

Cuando encendieron el calentador, ella se volvió de nuevo con una de sus sonrisas, pero aquella vez Shane estaba preparado.

Y eso lo ayudó. Pero no mucho.

Cuando volvieron a entrar en la cabaña, ella se quitó la cazadora de cuero y, de espaldas, se inclinó un poco hacia el fuego para que le secara el pelo, que llevaba cubierto de nieve. En aquella postura, sus pechos, envueltos en un suave jersey de lana verde se marcaban, como si estuvieran pidiendo a gritos ser acariciados, tocados, besados.

Por Cash, se recordó Shane a sí mismo.

—Tengo que irme —dijo, de pronto.

—¿Dónde?

—A... la camioneta. Para buscar unas cosas.

—¿Quieres que vaya contigo?

—¡No! No hace falta. Quédate aquí para entrar en calor —dijo. En ese momento se dio cuenta de que ella llevaba zapatos, no botas—. ¿Por qué no me lo habías dicho? —preguntó, señalando los zapatos—. No vas vestida para...

—¿Para ser requisada? —sugirió ella con una sonrisa.

—Es por tu propio bien —susurró él, con un nudo en la garganta.

—Sí. Es verdad.

—¿Estás de acuerdo? —preguntó él, asombrado.

—Absolutamente.

—Bueno, pues me alegro de que hayas recuperado la sensatez —suspiró él aliviado—. Y te volveré a llevar a Livingston el domingo, no te preocupes.

–¿Tú crees que podremos salir de aquí?

Sus miradas se encontraron en ese momento. La mirada de ella era casi magnética y Shane tuvo que dar un paso hacia atrás para no cruzar la habitación y tomarla en sus brazos.

–Haré todo lo que pueda.

No había dicho algo tan en serio en su vida.

Tenía que calmarse, se decía a sí mismo. Conocía a muchas chicas guapas, no tenía por qué perder la cabeza por aquella.

Y no lo haría.

Tomaría su saco de dormir y se apartaría de ella todo lo posible. Y, sin embargo, mientras se dirigía hacia la camioneta se preguntaba qué tendría aquella mujer para volver locos a tantos hombres.

Cash, que podía elegir la chica que quisiera, había perdido la cabeza por ella y Mike Dutton también, por lo visto.

Y él no había reaccionado ante una chica de aquella forma desde que estaba en el instituto.

Pero ya no era un niño, se decía. Tenía treinta y dos años y había estado en muchas partes. En trece años había hecho más kilómetros de los que quería recordar. Era un hombre adulto y no había hecho ninguna tontería en mucho tiempo.

Aunque, en realidad, haber... requisado a aquella chica no era lo más sensato que había hecho en su vida, pero lo había hecho por el mejor de los motivos.

Y pensaba llevar el asunto hasta el final, se decía a sí mismo mientras cargaba con el saco de dormir.

Volvería a la cabaña y sería amable, pero distante. Sería un caballero, como su madre le había enseñado.

Pero, cuando abrió la puerta y vio la brillante melena y la sonrisa encantadora, se dio cuenta de que iba a ser muy difícil.

Con decisión, se quitó los guantes y extendió la mano.

–Creo que no hemos sido presentados. Y, como Cash no está aquí para hacer los honores, permíteme que lo haga yo mismo. Soy Shane Nichols.

–Poppy Hamilton –dijo ella, tomando su mano con una sonrisa.

–¿*Poppy*? Pero si Cash me dijo que te llamabas Milly.

–Pues... la verdad es que he estado intentando decírtelo, pero...

–¿Decirme qué?

–Que te has equivocado de chica.

Capítulo Tres

Los efectos de una contusión podían hacer aquellas cosas.

Se perdían funciones mentales, la habilidad de sumar dos y dos, de comprender el sentido de las palabras más simples. Shane había oído lo que ella acababa de decir, pero no podía creerlo.

–¿Qué estás diciendo? –preguntó, estupefacto–. ¿Cómo que me he equivocado de chica?

–Yo no soy Milly.

–¡Claro que eres Milly!

–No, no lo soy. No sé por qué has pensado que lo era –sonrió ella–. Porque a quien querías secuestrar era a Milly, ¿no?

–¡Yo sé muy bien a quien quería secuestrar! –le gritó–. Y ya te he dicho que esto no es un secuestro.

–Perdón, quería decir requisar –corrigió ella. Shane asintió–. Bueno, pues estoy requisada, pero lo lamento mucho. Yo no soy Milly, soy Poppy.

–Pruébalo –dijo él mirándola fijamente.

Ella tomó la cazadora del sofá y sacó de la cartera el permiso de conducir.

–Mi permiso de conducir.

Era ella, desde luego, tuvo que reconocer Shane. Los mismos ojos brillantes, la misma preciosa sonrisa, el mismo pelo. Debía de ser la única persona en el mundo que salía guapa en esa clase de fotografía.

Y después miró el nombre. No decía Milly, pero tampoco decía Poppy.

–Aquí dice Georgia Winthrop Hamilton –dijo él, triunfante.

–Ese es mi verdadero nombre. Pero todo el mundo me llama Poppy.

–¿Y cómo sé yo que la gente no te llama Milly?

–Porque no –contestó ella, como si aquella respuesta fuera completamente lógica. Pero no lo era para Shane. De hecho, no entendía nada–. Mi madre empezó a llamarme Poppy cuando era pequeña por una muñeca que se llamaba así.

Shane intentaba recordar su conversación con Cash la noche anterior en El Barril.

–Pero él me dijo... –empezó a decir, intentando recordar. Cash le había dicho que era «la más guapa, con el pelo largo». En ese momento lanzó un gemido. Dos de las mujeres eran rubias y las otras morenas con el pelo largo. Pero sólo una de ellas era guapa. O, al menos, a él se lo había parecido. La otra era la chica que estaba con ella en la floristería, la que se había marchado con el tipo del Chevrolet. La otra chica era... ¿Milly?–. ¿Milly era la chica que iba en la furgoneta contigo?

–Sí. Milly es empleada mía.

Shane apretó tanto los dientes que casi se hacía daño. De un tirón, se quitó el sombrero y lo lanzó al otro lado de la habitación.

–¿Y por qué no me lo has dicho antes? –preguntó furioso a aquella señorita Georgia Hamilton–. ¿Por qué me has dejado... hacerlo?

–Ah, ¿ahora es culpa mía?

–¡Claro que sí! ¡Podrías habérmelo explicado en Livingston!

–¿Cómo? ¿Me hubieras creído si te hubiera dicho que yo no era Milly?

La verdad era que probablemente no la hubiera creído. Habría pensado que estaba tendiéndole una trampa.

Shane se pasó la mano por el pelo, maldiciendo en voz baja. Si su madre oyera lo que estaba diciendo le habría lavado la boca con jabón y Poppy lo miraba sorprendida.

–Perdón –susurró, dándose la vuelta hacia la ventana. La tormenta estaba en su apogeo y lo único que se veía a través del cristal era una masa blanca interminable–. Maldita sea.

Cuando Poppy le puso la mano en el hombro, él dio un respingo.

–Lo hacías con buena intención –dijo ella suavemente.

–Ya –contestó él, apartándose.

–La verdad es que... ha sido un gesto muy noble por tu parte. Aunque tú no tenías nada que ver en el asunto, claro –siguió ella, intentando colocarse de forma que él la mirara, pero Shane seguía negándose a clavar los ojos en ella–. Era asunto de Cash, ¿sabes? Debería haber sido él el que hiciera algo, si quería hacerlo.

–¡Tenía que marcharse!

–Siempre tiene que ir a algún sitio –replicó Poppy, impaciente–. Milly ya estaba harta.

–¿Y se casa con otro sólo para que Cash se dé cuenta de que está harta?

–No, se casa con alguien que no está siempre fuera. Alguien que le demuestra que ella es para él más importante que un maldito caballo.

–Era Deliverance, no un simple caballo.

–¡Como si era Pegaso! Ninguna mujer quiere ser menos que un caballo.

–Sólo iba a ser hasta el martes.

–No lo entiendes, ¿verdad? Eres igual que Cash.

–Pues sí –replicó Shane, orgulloso–. Aún no he encontrado una mujer que me haga dejar un buen rodeo.

–Bueno, al menos eres sincero –suspiró Poppy–. Y si Cash piensa lo mismo que tú, ¿por qué va Milly a casarse con un hombre así?

–Porque él la quiere.

–Cash no tiene ni idea de lo que es el amor. Y, obviamente, tú tampoco.

–Yo no soy el que va a casarse –dijo él, ofendido.

–¿Y quién se casaría contigo?

–Te sorprenderías –contestó él, molesto.

La verdad era que no sabía si alguna de las chicas con las que había salido lo hubiera esperado para casarse con él. Pero daba igual, porque nunca se lo había pedido a ninguna.

–Sí, me sorprendería, desde luego. Pero, desde mañana, Cash puede asistir a todos los rodeos que quiera, porque Milly va a casarse y va a ser muy feliz con Mike –lo desafió ella. Tenía razón. Si iban a ser felices o no, el tiempo lo diría. Pero, desde luego, Milly iba a casarse con Mike. Nadie podría impedírselo ya porque él se había equivocado de chica. Shane se dirigió hacia la puerta–. ¿Dónde vas?

–A intentar sacar la camioneta de la nieve. No vamos a quedarnos aquí.

–¡Pero si está atascada! Y está nevando.

–No me digas –replicó él entre dientes.

–¡Espera!

Pero Shane no esperó. Se puso la cazadora y salió de la cabaña aún abrochándose la cremallera. Cuando oyó que Poppy salía tras él, se volvió.

–No llevas botas.

–He encontrado éstas al lado del sillón –dijo ella, mostrándole un par.

Serían de alguno de los que habían pasado por allí, se dijo Shane. Poppy se las puso y lo siguió, pero las botas eran demasiado grandes para ella y caminaba torpemente.

–Vuelve a la cabaña. Yo vendré a buscarte cuando haya sacado la camioneta.

–No. Si vas a ponerte a hacer el idiota otra vez...

–¿Cómo que otra vez? –preguntó.

Pero ella no contestó. Simplemente, se colocó a su lado.

–Pero tendrás que prometerme no volver a intentar secuestrar a Milly –dijo ella por fin.

–Me parece que los secuestros se han terminado para mí por el momento –asintió él entre dientes.

–Estupendo –sonrió ella. La camioneta estaba prácticamente cubierta de nieve y tuvo que apartarla para abrir las puertas y sacar una pala. Shane apenas podía quitar nieve y se daba cuenta de que Poppy lo estaba mirando–. ¿Quieres que te eche una mano?

–No –contestó, orgulloso. Pero el viento soplaba más que nunca y la nieve se acumulaba a pesar de sus esfuerzos. Cuanta más nieve quitaba, menos progresos hacía, hasta que por fin dejó de intentarlo–. Venga, entra. Vamos a intentar sacarlo.

Los dos se subieron a la camioneta y Shane puso en marcha el motor. Éste se encendió, las ruedas daban vueltas y aquello no se movía. Shane maldijo entre dientes.

Intentó dar marcha atrás, ponerlo en segunda, todo. Pero no había manera. En lugar de salir de aquel hoyo lo que hacía era meterse más en él. Las ruedas ya no pisaban la nieve, sino que hacían un agujero en la tierra y se hundía cada vez más.

Por fin, él paró el motor y le dio un puñetazo al volante.

–No pasa nada –dijo Poppy, poniéndole la mano sobre el brazo–. No te preocupes. Ya saldremos de aquí.

Cuando salieron del coche y se dirigían hacia la cabaña, Poppy tropezó en la nieve y Shane la sujetó para que no cayera.

–Ten cuidado.

–Gracias –sonrió ella. Shane volvió a sentir aquel aguijonazo en su interior.

Y entonces se dio cuenta de que Poppy no era la chica de Cash.

Fue como si le hubieran golpeado en la cabeza.

Volvió a mirarla, aquella vez de otra forma. Comprobando, descubriendo. Con esperanza. Ella lo miró a su vez... y Shane pudo ver lo mismo en sus ojos.

Shane empezó a sonreír en ese momento.

Daba igual lo que dijera Cash. La más guapa del grupo era ella.

De hecho, *guapa* era una palabra demasiado simple para describir a aquella chica. Su largo pelo oscuro era sólo parte de su atractivo. Tenía una piel de porcelana, pómulos altos, nariz recta y una boca generosa. Le gustaban las pequitas que tenía en la nariz porque le daban un aire infantil y alegre, cercano.

Le hubiera gustado tocarla, pero se limitó a tomarla del brazo y llevarla con él a la cabaña.

Cuando entraron, el calor los envolvió a los dos. Shane añadió otro tronco a la chimenea.

–¿Tienes hambre?

–No. La verdad es que he cenado mucho.

–¿Te importa si como algo? –preguntó. Lo que debería haber hecho aquella noche era cenar, en lugar de planear secuestros para los que no estaba preparado.

–No, claro que no. Si quieres te ayudo.

Shane tomó una lata de carne con chile de uno de los armarios, sacó un abridor del cajón y... se quedó parado.

–Me temo que tendrás que hacerlo tú.

Mientras Poppy abría la lata, Shane miraba sus dedos. Eran largos y bien formados y se los imaginó acariciando su cara.

–No te quedes ahí. Dame una cacerola.

Shane parpadeó y se puso colorado.

–Claro –dijo por fin, cuando pudo volver a la realidad.

Ella echó la carne en la cacerola y empezó a removerla.

–¿Por qué no vas poniendo la mesa?

–¿Cómo se te ocurrió abrir una floristería? –preguntó él, mientras sacaba los cubiertos.

–Es muy sencillo, me gustan la flores. Me gusta plantar cosas y ver cómo crecen y me gusta decir lo que quiero decir sin palabras –contestó ella con los ojos brillantes–. Trabajar con flores me permite todo eso. Me encanta.

–¿Llevas mucho tiempo haciéndolo?

–Tengo la tienda desde hace tres años. Trabajaba allí mientras estudiaba en la universidad y después se la compré al dueño –contestó ella, dándole el plato de carne.

–Veo que eres muy ambiciosa.

–Es lo que quería hacer –asintió ella con firmeza. La misma que había en sus ojos–. Y no me equivoqué –añadió.

–Pues parece que tienes mucho éxito.

–Sí, así es –sonrió ella, sentándose frente a él. Sus miradas se cruzaron de nuevo y aquella vez Shane siguió mirándola. Fue ella quien apartó la mirada.

–¿A qué universidad has ido?

–A la de Montana. ¿Y tú?

–Yo no fui a la universidad. Y estuve a punto de no terminar el instituto –contestó él con franqueza–. No es que fuera un bruto, pero es que no me gustaba mucho estudiar. Lo que quería era vivir y estar en el instituto me parecía una pérdida de tiempo. Cuando le dije a mi familia que no quería estudiar... bueno, digamos que no se lo tomaron muy bien.

–Me lo imagino.

–Lo dudo –dijo él–. ¿Seguro que no quieres un poco? –preguntó señalando el plato.

–Pues, ahora que lo dices, sí. Voy a comer un poquito –contestó ella, yendo a tomar un plato. Shane se quedó sentado, mirándola. Le gustaba ver cómo se movían las mujeres. Había en ellas una sinuosidad, una gracia que lo dejaba hipnotizado. Cuando caminaban, era como si estuvieran flotando. Y Poppy Hamilton no era una excepción. Tenía las piernas largas y el pantalón marcaba unas curvas deliciosas. Shane se la imaginaba sin pantalón y enredando aquellas largas piernas en sus caderas. Una punzada de deseo lo asaltó en aquel momento con tal fuerza que estuvo a punto de tirar la silla y, cuando intentó sujetarla, casi tiró el plato de carne–. ¿Te encuentras bien?

–Sí. Perfectamente. Es que se me ha escurrido la silla –contestó él, avergonzado, colocando la silla de un golpe. Ella lo miró sorprendida y después se encogió de hombros–. ¿Te has criado en Livingston?

–Sí.

–¿Y cómo es que no te he visto antes? Yo siempre me fijo en las chicas guapas –sonrió. Poppy se ruborizó y Shane no cabía de gozo.

–Es normal que no te hayas fijado en mí –dijo ella, acercándose a la mesa con un plato–. Eres mucho mayor que yo.

–¡Eso no es verdad!

–Yo tengo veinticinco años.

–Y yo treinta y dos.

–¿Lo ves? Eres mucho mayor.

Shane iba a contestar algo, pero se dio cuenta de que estaba bromeando.

–Desde luego, te portas como una niña –murmuró.

Poppy empezó a reírse en ese momento y Shane pensó que lo mejor sería que dejara de reírse así si no quería que él se la colocara al hombro y la llevara directamente al dormitorio.

–Bueno, treinta y dos no es muy mayor –dijo, después de un momento.

–Gracias.

–¿Tú también te has criado en Livingston?

–No, me crié en Elmer. Mi hermano tiene un rancho allí. La otra noche fui a Livingston porque me estaba ahogando en el rancho.

–¿Por tu dedo? Ahora no puedes ir a ningún lado, ¿verdad?

–No. Desde hace un mes –suspiró él–. Y estoy deseando hacer algo. Creo que por eso quería secuestrar a Milly. Para que veas lo idiota que soy.

–No –dijo Poppy suavemente. Cuando se miraron, la temperatura de la habitación pareció aumentar diez grados. Shane se apartó el cuello de la camisa, incómodo. Casi sin darse cuenta, alargó la mano y tomó la de ella a través de la mesa.

Las manos de Poppy eran mucho más pequeñas que sus manos, delicadas y capaces a la vez. Podía imaginarlas colocando flores. Y también podía imaginarlas acariciándolo–. Me vendría bien una taza de café. ¿Hay café por aquí? –preguntó ella, levantándose.

–Sí –contestó él. Que ella se levantara le daba la oportunidad de observarla a su gusto mientras buscaba en los armarios–. Si eres de Livingston, debes conocer a Billy Adcock. Es de tu edad –añadió. Billy, el hermano pequeño de uno de sus amigos, era un buen vaquero.

–Lo conocía, pero no íbamos juntos al colegio. Yo no estudié aquí, me enviaron a un internado.

¿Un internado?, se asombró Shane. ¿Sería aquella la hija de alguna estrella de Hollywood? Había varios actores famosos que tenían ranchos por allí.

–¿Tu padre es actor?

–¡No! –rió ella.

–Me alegro –suspiró él. No le hubiera gustado que fuera una de esas niñas ricas. El único Hamilton que conocía no era precisamente santo de su devoción. El juez Hamilton no tenía para él buenos recuerdos. De hecho, había sido el responsable de uno de los episodios más vergonzosos de su vida. Afortunadamente, el juez era demasiado viejo para tener una hija de la edad de Poppy–. ¿Conoces a Ray

Setsma? Setsma y yo solíamos ir a los rodeos juntos.

–Antes de que se hiciera mayor, ¿no?

–Antes de que lo cazaran –corrigió él. Aunque, le gustara o no, había algo de verdad en lo que ella había dicho. Ray parecía mucho mayor que él, aunque era un año menor. Se había casado cuando era muy joven y tenía tres hijos y eso envejecía a cualquiera, pensaba Shane.

–¿Desde cuándo te dedicas al rodeo?

–Toda mi vida. Creo que la primera vez que lo hice tenía trece años. Antes de montar caballos y toros salvajes lo que montaba eran ovejas y cabras. Cualquier cosa que tuviera cuatro patas. Pero en cuanto me subí a un toro... –dejó la frase sin terminar. La sola idea de volver a su vida normal, de volver a la carretera, al riesgo, hacia que le subiera la adrenalina.

Miró a Poppy en ese momento y cuando ella le devolvió la mirada entre ellos pareció pasar una corriente eléctrica.

Fuera de la cabaña el viento soplaba con fuerza y la nieve seguía cayendo. Pero dentro, el calor de la chimenea y el olor del café... Por la mañana, Milly iba a casarse con Mike y Cash estaría montando a Deliverance.

Y a Shane todo eso le daba igual.

Sólo le importaba estar allí. Sólo le importaba ella.

–¡El café! –exclamó Poppy dando un salto.

–Mientras lo sirves voy a prepararte la cama –dijo Shane, levantándose de la silla y yendo al dormitorio.

Sólo había una cama en la cabaña y no era muy grande. Estupenda para una sola persona. Maravillosamente estrecha para dos, pensaba sonriendo.

Cuando volvió al salón, Poppy estaba limpiando los platos, un poco inclinada sobre el fregadero. Sin poder evitarlo, se acercó a ella y la tomó por la cintura. Poppy se quedó quieta, pero no hizo nada para apartarlo. Shane podía sentir la tensión en ella, igual que podía sentirla en sí mismo y se acercó más, atraído por la calidez del cuerpo femenino. Cuando la besó suavemente en el cuello, ella empezó a temblar.

–La cama está hecha –dijo con voz ronca.

Durante un instante se quedaron allí, apretados el uno contra el otro, sin moverse y Shane podía sentir el efecto que el cuerpo de Poppy ejercía sobre él.

Finalmente, ella se volvió y él le pasó el brazo por los hombros.

–No te gustaría vértelas con mi padre.

–¿Es un tipo duro?

–El más duro.

–No será tan duro como un Hamilton que conozco.

–¿Quién es ese Hamilton?

–Un juez. Hace un siglo hubiera condenado a todo el mundo a la horca –sonrió él–. Era más duro que una piedra. Terco, orgulloso y prepotente.

–Qué agradable –dijo ella burlona.

–No. Era un tipo malvado y me hacía la vida imposible.

–¿Qué pasó?

–Cosas de niños. Nada importante. Al menos eso era lo que yo creía, pero el juez era él.

–¿Qué hiciste?

–Nada. Era un chico un poco travieso.

–¿Y?

–Que ese *Cara de palo* Hamilton se cebó conmigo.

–¿*Cara de palo*? Nunca había oído que lo llamaran así.

Shane se sorprendió de que ella hubiera oído hablar de él en absoluto. Le parecía demasiado correcta para habérselas tenido que ver con un juez.

–¿Conoces a *Cara de palo*?

–Sí, es mi padre –contestó ella con una sonrisa.

Capítulo Cuatro

Su padre ejercía ese efecto en la gente, pensaba Poppy mientras se metía entre las frías sábanas.

El juez George Winthrop Hamilton era, desde luego, una fuerza de la naturaleza y Poppy lo sabía bien porque lo conocía de toda la vida.

Aunque era un buen padre. Era honrado, trabajador, serio, inteligente, decidido y, cuando tomaba una determinación sobre algo, era imposible hacerlo cambiar de idea.

Ella había nacido muchos años después de que sus padres se casaran y su nacimiento fue recibido con la mayor de las alegrías. Desde entonces, su padre volcaba en ella todas sus esperanzas y sus sueños.

Durante los primeros veinte años de su vida, su madre había hecho lo imposible para que su padre la dejara vivir un poco a su manera, pero cuando murió, Poppy había tenido que lidiar con él sola.

Y no siempre lo había hecho bien. Había

conseguido no ir a estudiar a Yale, la universidad en la que se había graduado su padre y había ido en cambio a la universidad de Montana. Además, a pesar de la oposición de su padre había conseguido estudiar botánica.

–¿Cómo que vas a estudiar botánica? ¿Y qué pasa con el derecho? –había demandado él.

Por supuesto, su padre no podía creer que ella no estuviera interesada en el derecho, y cuando compró la tienda de flores se puso furioso.

Poppy sabía muy bien lo que quería hacer profesionalmente, pero no había sido tan lista en otros aspectos de su vida.

Por ejemplo, se había equivocado con Chad.

Después de comprar la tienda, había creído que ya era una mujer madura y que sabía tomar sus propias decisiones, así que no había hecho caso de su primera impresión de Chad Boston. Al principio había pensado que era demasiado lanzado, demasiado... interesado en ella.

Debería haberse dado cuenta, se decía a sí misma después.

Los hombres, en general, decidían no salir con ella en cuanto se enteraban de quién era su padre. Había algo en ser la hija de aquel temido juez que hacía a los hombres salir huyendo.

Excepto Chad.

Cuando Chad se había enterado de quién era su padre, había parecido encantado.

–¿La hija de un juez?

Era casi como si eso le hiciera ilusión. Al principio había pensado que a él le daba igual, que sólo estaba interesado en ella y estaba encantada de tener, por fin, un novio.

Un novio con éxito, además. Un agente inmobiliario con muchísimo trabajo, pero en el que nunca debería haberse fijado.

Su padre la había advertido sobre los extraños negocios de Chad.

–¿Ese joven sabe lo que está haciendo? Esa propiedad no se puede dividir –le había dicho un día.

Pero Poppy no le había prestado atención. Creía tener todo lo que deseaba y cuando Chad le había pedido que se casara con él, había aceptado sin pensar.

Afortunadamente, antes de que llegaran al altar, Chad había tenido problemas con la ley. Incluso entonces había estado convencida de que todo era un error y le sugirió que hablase con su padre para aclarar las cosas.

–No hace falta –había dicho él, besándola en la frente–. No pasará nada. Cuando se enteren de que soy el yerno del juez Hamilton, retirarán los cargos. Tener a un juez en la familia le da a uno mucha credibilidad.

–Pero si el negocio es ilegal... –había protestado Poppy.

–Nadie tiene por qué saberlo.

Había dicho aquello demasiado seguro de sí mismo, de ella y de su padre.

Pero estaba muy equivocado.

Poppy conocía bien a su padre. A los ojos del juez Hamilton, lo que era ilegal, era ilegal, fuera responsable quien lo fuera.

Cuando Chad fue detenido, esperaba que el juez lo sacara de allí inmediatamente, pero se llevó una desilusión. Y Poppy también. Pero por su propia falta de juicio.

Chad consiguió que retirasen los cargos a cambio de devolver el dinero y desapareció de Livingston.

A partir de entonces, Poppy empezó a ser más cuidadosa con los hombres. Tanto, que no había vuelto a salir con ninguno.

–No te preocupes. Éste no era más que una manzana podrida. Pero hay otros hombres –le había dicho su padre–. Yo buscaré uno que sea suficientemente bueno para ti.

Poppy había creído que era una broma hasta que empezó a presentarle a hombres que a él le parecían interesantes.

Ella siempre era amable con ellos, por supuesto, pero a todos les encontraba algún defecto. Uno era demasiado alto, otro demasiado bajito. Uno demasiado triste, el otro tenía un trabajo aburrido.

Cuando el verano anterior, su padre había sufrido un amago de infarto, Poppy imaginaba que dejaría aquel juego, pero se había equivocado porque entonces empezó a tomárselo en serio. Tenía setenta años y se daba cuenta de que podría no vivir para ver a su hija casada y con hijos, así que había decidido no perder el tiempo y encontrar al hombre perfecto.

El lunes anterior se había presentado en la tienda, sonriendo y frotándose las manos, con la mirada que solía tener cuando acababa de condenar a un criminal.

–Ya lo tengo –había dicho.

–¿Qué tienes? –había preguntado Poppy mientras arreglaba unos narcisos.

–Al marido perfecto.

–¿Qué? –había preguntado Poppy casi decapitando las flores.

–Me has oído. Y éste es perfecto de verdad.

Poppy intentó sonreír, apretando las tijeras entre las manos como si quisiera estrangularlas. Aunque a quien hubiera querido estrangular era a su padre, o mejor al marido perfecto que su padre tenía preparado para ella.

–Se llama J.R. Phillips. Es abogado, licenciado en Harvard, pero ha nacido en Montana. Su padre tiene un buen rancho en Great Falls. Es moreno, alto y con los ojos verdes –sonrió, satisfecho–. Va a venir el viernes a cenar.

–Lo siento, pero no puedo.

–¿Por qué no?

–Porque el ensayo para la boda de Milly es el viernes por la noche.

–Bueno. Pues ven a casa después del ensayo.

–No puedo.Tenemos que colocar las flores en la iglesia.

–¿Por qué no las coloca ella misma? Al fin y al cabo, es tu empleada.

–Es su boda, papá. Tiene muchas cosas en la cabeza. Además, ella no tiene experiencia.

–No vas a escaparte de ésta, Poppy –dijo su padre, obstinado–. Si tú no vas a la montaña, la montaña vendrá a ti. Iré con él a la boda.

Pero ella no. Porque Shane Nichols la había secuestrado.

El pobre era un bendito, aunque no lo sabía.

Shane no sabía el enorme favor que acababa de hacerla.

Pobre chico, pensaba en aquel momento, mientras se arropaba con la manta. Desde luego, aquél no era su día. Al principio sólo estaba desconcertado por haberse equivocado de chica, pero cuando se había enterado de quien era su padre se había quedado mudo.

Poppy tuvo que reprimir una risita, recordando su cara cuando se lo había dicho. Y lo colorado que se había puesto.

Un secuestrador que se ponía colorado era lo más tierno del mundo.

También tenía algunas otras cosas buenas. Como los ojos azules más bonitos que había visto en su vida y una cara preciosa. Los rasgos de Chad eran de una belleza clásica, pero Shane tenía personalidad, lo cual era aún más atractivo. Tenía una natural gracia masculina y se imaginaba que las mujeres debían caer rendidas a sus pies cada vez que él guiñaba un ojo.

Y no le sorprendía. Ella misma caería rendida a sus pies... si fuera ese tipo de chica. Aunque, desde luego, no pensaba acostarse con él. De hecho, nunca se había acostado con un hombre. Ni siquiera con Chad. Él la *respetaba* demasiado, le había dicho. Pero ella no respetaría a Shane si volviera a verse frente a él aquella noche.

Aunque, por supuesto, no iba a haber oportunidad porque, cuando le había dicho que el juez Hamilton era su padre, Shane prácticamente la había lanzado al dormitorio y había cerrado la puerta.

Cuando Poppy se tocó la cara, se dio cuenta de que tenía las mejillas ardiendo. Y era porque, por primera vez en su vida, estaba deseando hacer el amor. Con Shane.

No eran sólo sus ojos azules, ni sus atractivas facciones. Era más que eso. Más que su apretado trasero, aunque había llamado su atención desde la noche que lo había visto en El Barril. Eso y mucho más.

No había sido su aspecto de vaquero lo que había hecho que su corazón diera un vuelco. Ni la nariz recta, ni la boca generosa. Había sido su sonrisa y el brillo de sus ojos.

Después de mirarlo, no podía mirar a nadie más.

Al día siguiente lo había visto dentro de la furgoneta, pero había creído que estaba esperando a alguien. Después, cuando se vieron en el restaurante, sus miradas habían vuelto a encontrarse y había sentido como una descarga eléctrica.

Cuando él la había llevado a la camioneta por la fuerza se había sentido asustada y furiosa. Hasta que se dio cuenta de que la tomaba por otra.

Entonces le habían dado ganas de echarse a reír.

Pero no podía. Tenía que seguirle el juego para permitir que la boda de Milly tuviera lugar al día siguiente.

Después de todo, si él había secuestrado a la chica equivocada, Milly podría seguir adelante con su boda sin ningún problema. ¿O no había sido por eso?, se preguntaba. Tenía que reconocer que también había sido para evitar encontrarse con el novio que su padre le había preparado. Llevaba toda la semana pensando cómo podría evitar conocer a aquel dechado de virtudes, pero nunca se le hubiera ocurrido que podrían secuestrarla.

Y si a un vaquero guapísimo y con buenas intenciones se le metía en la cabeza secuestrarla, ¿cómo podría ella poner objeciones?

Aún seguía asombrada por su propia reacción

ante aquel hombre y no podía dejar de pensar en él. Unos pensamientos muy poco castos.

¿Cómo podía saber si el candidato de su padre era perfecto si no tenía a nadie con quién compararlo? ¿Cómo iba a tomar una decisión sobre su futuro si no se comportaba, aunque fuera una sola vez en su vida, de forma irresponsable?

Bueno, no del todo irresponsable. Ella creía en el sexo seguro.

Quería tocar, acariciar, abrazar a ese hombre. Quería conocerlo íntimamente. Aunque sólo fuera por una noche. De un hombre como Shane Nichols no podía esperarse ningún compromiso y, después de todo, ¿cómo iba a esperarlo si apenas se conocían?

A sus veinticinco años, Poppy no había dejado nunca de ser la responsable y seria hija del juez Hamilton. Nunca había coqueteado con un hombre, ni siquiera de broma. Nunca se había dejado llevar.

Y estaba deseándolo.

Le hubiera gustado hacer lo que le viniera en gana, sin pensar que su padre estaría detrás de ella juzgando sus acciones. Le hubiera gustado rodar en la nieve con aquel vaquero tan seductor y no pensar en el hombre perfecto para toda la vida.

Aunque sólo fuera por un día. O dos.

No pedía más. Y, después, volvería a su vida normal.

No le disgustaba su vida, ni le disgustaba su padre, pero necesitaba un respiro para poder volver a la lucha diaria.

Y entonces buscaría al hombre perfecto para tener todos los nietos que su padre deseaba.

Al final, el viejo juez Hamilton se sentiría orgulloso de ella y serían muy felices, como lo habían sido siempre.

Pero, hasta entonces, iba a practicar el viejo dicho latino *Carpe diem*, disfruta del día.

Iba a disfrutar de aquel vaquero que había aparecido en su vida como caído del cielo.

Shane no podía dormir.

¿Cómo iba a poder dormir cuando acababa de enterarse de que la chica a la que había secuestrado era la hija del juez Hamilton?

Estaba tumbado sobre el duro sofá, clavándose un muelle en la espalda y pensando que, si se lanzaba sobre él con fuerza, quizá podría clavárselo en el corazón y dar así por terminada su agonía.

Con la suerte que tenía, parecía la mejor idea.

¿Por qué tenía que hacer esas tonterías? ¿Por qué no se comportaba de forma normal como el resto de los hombres?

¿Por qué tenía que ir por ahí secuestrando a hijas de jueces?

Bueno, sólo había secuestrado a una. Pero aún era joven, así que sólo Dios sabía a cuántas podía secuestrar con el paso de los años.

Lanzó un gemido, mientras intentaba colocarse en otra postura, pero volvió a clavarse el muelle. Era como dormir sobre una cama de clavos.

«Justo castigo», estaba seguro de que diría su hermano.

Shane no quería ni pensar en lo que diría *Cara de palo* Hamilton

Menos mal que no había sacado a Poppy del estado. Si lo hubiera hecho, el juez lo habría condenado a la pena de muerte.

Aunque hubiera sido preferible.

Hamilton era un experto en descubrir el talón de Aquiles de la gente. Parecía saber exactamente lo que podía hacer que alguien se sintiera completamente avergonzado. Él lo sabía muy bien.

Entonces era un niño, pero en aquel momento ni siquiera tenía esa excusa. A los treinta y dos años, con un dedo reimplantado, había conseguido hacer lo más idiota que uno podía hacer en la vida. Y completamente sobrio, además.

Había secuestrado a la hija de un juez. Y lo que era peor, había intentado seducirla.

Estaba a punto de levantarse, llamar a la puerta de la habitación y pedirle disculpas. Decirle que no había querido seducirla y que,

además, no había querido insultar a su padre. Pero, ¿para qué añadir la mentira a toda la serie de pecados?

Tenía miedo de su padre. Si cerraba los ojos, aún podía ver a aquel hombre inclinándose desde el estrado para mirarlo directamente a los ojos.

–Lo que necesita es empezar a hacerse responsable de sus actos –había dicho aquel hombre con voz de trueno–. ¿No le parece, señor Nichols?

–Sí, señor.

–Cuando uno hace algo que está mal, lo único que puede esperar es un castigo. ¿Está de acuerdo, señor Nichols?

–Sí, señor.

Cuando el juez se enterase de su última fechoría, pensaba Shane sintiendo un escalofrío, el castigo que le tendría preparado sería de los que hacen historia.

Capítulo Cinco

A la luz del día, Poppy se dio cuenta de que las tentaciones de la noche anterior no habían sido más que cosas de niña.

No iba a ser tan tonta de irse a la cama con un hombre al que no conocía.

Hacer el amor con alguien era muy importante y ella lo sabía. No podía tomarse aquello a la ligera.

Pero eso no significaba que no pudiera disfrutar de aquel inesperado intermedio en su vida. No significaba que no pudiera conocer mejor a aquel hombre y explorar la asombrosa atracción que sentía por él.

Después de todo, ¿cuándo iba a volver a ser secuestrada por un vaquero tan guapo?

–La mayor alegría es disfrutar de la vida, Poppy –le había dicho su madre muchas veces–. Tienes que vivir cada momento.

Era un buen consejo. Pero no había tenido mucho tiempo de seguirlo hasta aquel momento.

La mayor parte de su vida, Poppy la había

pasado peleándose con su padre para poder hacer con su vida lo que quería. Siempre tenía que estar en guardia y eso no le había dejado tiempo para disfrutar demasiado.

Y se imaginaba que lo mejor con Shane sería mantenerse en guardia también. Estaba casi segura de que él no era otro Chad, pero lo mejor sería no enamorarse de él porque era de los que no se quedaban quietos en un sitio.

Así que tendría cuidado y protegería su corazón. No esperaría nada de él, excepto pasar unos días agradables.

Su padre no estaba por allí y estaba segura de que tampoco se preocuparía demasiado al ver que no había ido a la boda; seguramente pensaría que no había querido conocer a su candidato para la vicaría.

Por lo tanto, y por unos días, disfrutaría de su libertad... y de aquel hombre.

–Buenos días.

La alegre voz femenina despertó a Shane, que acababa de quedarse dormido. Cuando vio la sonriente cara de Poppy a su lado, lanzó un gruñido.

Había tardado horas en dormirse y, cuando lo había conseguido, sus sueños habían estado repletos de jueces iracundos y chicas de pelo largo y ojos pardos con puntitos verdes.

Se decía a sí mismo que debía de haber sido

la carne con chile, pero cuando vio aquella cara, supo que no era así.

–¿Qué tienen de buenos? –preguntó, cerrando los ojos de nuevo.

–Pues... que sigue nevando, por ejemplo.

Lo había dicho con tanta alegría que Shane tuvo que abrir los ojos para mirarla. No podía creer que aquello le produjera felicidad, pero ella estaba sonriendo e incluso podía oírla canturrear mientras abría las cortinas del salón.

Confuso, Shane se incorporó en el sofá y miró por la ventana. Lo único que se veía era un paisaje blanco, completamente blanco.

Y le sorprendía que eso la hiciera feliz.

La miró con suspicacia. ¿Habría aparecido su padre mientras él dormía y estaría haciendo un agujero en la nieve, donde sólo podrían encontrar su cuerpo después de la primavera?

–¿Cómo es que estás canturreando?

–Porque soy feliz.

–¿Por qué?

–¿Te parece poco estar perdida en una cabaña en medio de la nieve contigo? –sonrió ella.

A Shane no le gustaba que sonriera porque su sonrisa hacía que perdiera el poco sentido que le quedaba.

–Además de eso –susurró él.

–Me gusta la nieve. Y he descubierto que

también me gusta estar perdida entre la nieve. Me da una sensación de... libertad.

–Estás loca.

–Probablemente –sonrió ella de nuevo, sacando cosas de los armarios–. ¿Qué prefieres, una lata de sardinas o lo que sobró de la carne de anoche?

Como última cena, nada de aquello parecía muy apetitoso.

–Me da igual.

–Veo que no eres de los mañaneros. Da igual –siguió ella, abriendo una lata–. Ah, mira aquí hay leche en polvo.

Shane seguía sentado en el sofá, intentando convencerse a sí mismo de que las cosas se iban a arreglar; que el sol saldría y podría devolver a la hija del juez a su casa sana y salva.

Además, le gustaba mirarla. A pesar de su progenitor, Poppy Hamilton era la chica más guapa que había visto en su vida. Y aunque sabía que no podía ni acercarse a ella, su cuerpo no parecía hacerle caso.

Le gustaban las mujeres con curvas y la forma de sus caderas cuando se inclinaba para sacar una cacerola del armario le hizo desear poner sus manos sobre ellas.

Sí, claro. Al juez también le gustaría mucho que lo hiciera, pensaba. Apretando las manos, intentó quitarse aquellos pensamientos de la cabeza. Pero no podía, porque la maldita chica seguía canturreando.

–¿Siempre estás así de alegre por las mañanas? –gruñó él.

–No siempre. Pero he dormido muy bien.

–Qué suerte.

–¿Tú no?

–No. Ya sabes lo que dicen: No hay descanso para los tontos.

–Creí que era: No hay descanso para los malvados.

–Bueno, para esos tampoco. La verdad es que... te estás tomando muy bien el asunto.

–Ya te he dicho que me gusta estar aquí.

–¿Por qué? ¿Porque te sientes... libre?

–Sí –asintió ella–. No tengo ninguna responsabilidad, nadie me pide nada. Excepto tú.

Shane tuvo que tragar saliva. Con un rápido movimiento tomó su camisa y se la puso como si quisiera ocultarse de ella.

–Y... ¿no va a pasar nada porque no vayas a la boda?

–Peor hubiera sido si yo fuera Milly –contestó ella alegremente.

–No quiero desayunar –dijo Shane, abotonándose la camisa con una sola mano–. Voy a volver a intentar sacar el coche.

–No va a servir de nada porque sigue nevando. ¿Por qué no te relajas un poco? –preguntó. Aquella chica no se daba cuenta de nada–. Venga, siéntate y come algo. Después, limpiaremos los platos y, si quieres, te ayudaré a sacar el coche.

Mientras él se daba una ducha rápida, ella siguió preparando el extraño desayuno. Se sentaron y tomaron café y un poco de carne. Habían encontrado también una lata de jamón cocido pero Poppy no podía abrirla y Shane, colocando la lata entre sus rodillas, consiguió abrirla con la mano derecha.

–¡Estupendo! –exclamó Poppy con una sonrisa.

Contento por aquel pequeño éxito, Shane la sonrió y, cuando se miraron, volvieron a sentir aquella corriente eléctrica.

–Bueno, voy a ver si puedo sacar la camioneta.

La nieve seguía cayendo tan fuerte como la noche anterior y los dos salieron de la cabaña abrigándose con las cazadoras.

Cuando llegaron al lado de la camioneta, se dieron cuenta de que no podían hacer nada. La nieve llegaba más arriba de las puertas y sería imposible quitarla.

–Es imposible –dijo Poppy–. De verdad.

Pero Shane lo intentó. Tenía que hacerlo. Aquello era mejor que estar con ella a solas en la cabaña, escuchando cómo cantaba, viéndola moverse y sonreír.

Deseándola.

Estaba mejor bajo la nieve porque allí no podía pasar nada.

Y no pasó nada hasta que tuvo que parar, exhausto. Cuando se dio la vuelta, vio que ella estaba quitando la nieve de las puertas y que tenía copos en la cara y en el pelo.

Cuando se miraron, ella se echó a reír. Era la misma risa maravillosa que recordaba de la primera noche y sintió una punzada de deseo.

–Esto es una locura –dijo ella, mientras se apartaba la nieve de la cara–. ¿Por qué lo estamos haciendo?

–Porque... –empezó a decir él, pero no podía seguir.

–¿Por qué?

–Porque si no lo hacemos, yo... –dejando la frase sin terminar, dio un paso hacia ella y la tomó en sus brazos.

No había podido evitarlo. El deseo era demasiado fuerte.

Nada tenía sentido en aquel momento, excepto besar a Poppy.

Era tan dulce, tan suave, tan delicada como una de sus flores. Ella entreabrió los labios, plegándose a sus deseos, dándole la bienvenida.

No se abalanzaba sobre él, ni lo besaba con fuerza para demostrarle que ella también lo deseaba, como habían hecho otras mujeres.

No se entregaba, pero tampoco se resistía.

Y Shane daba las gracias a Dios por ello, porque necesitaba aquel beso como no recordaba haber necesitado nada en toda su vida.

Shane intentaba decirse a sí mismo que era porque hacía mucho tiempo que no estaba con una mujer, que los labios de cualquiera lo habrían excitado como lo hacían los de Poppy, que la sensación de haber conectado con aquella mujer habría podido ocurrir con cualquier otra.

Pero sabía que no era verdad. Y sus hormonas no le permitían pensar con claridad en aquel momento.

Le encantaba sentir la boca de ella en la suya. Después del primer arranque desesperado, se relajó un poco, dejando que la naturaleza siguiera su curso. Y cuando lo hizo, los labios de ella se abrieron y su aliento se mezcló con el suyo. No podía evitar juguetear con su lengua, no podía evitar rozarla y descubrirla por dentro, como hacía ella.

Lo hacía temblar de deseo. La deseaba toda en aquel momento.

La apretó fuertemente contra su cuerpo, pegándose a ella, a pesar de la ropa. Y le gustaba.

Sus bocas parecían hechas la una para la otra y sus cuerpos también. El cabello de Poppy flotaba a su alrededor y la nieve se derretía sobre sus caras, pero ninguno de los dos parecía darse cuenta.

Poppy lo estaba besando con tanto fervor como lo hacía él y aquello fue, quizá, lo que hizo que volviera a la realidad. Le asustó la intensidad de su respuesta. Era pura y sin artificio; no era un juego. Poppy no estaba jugando con él. Y él no se hubiera atrevido a jugar con ella.

Y entonces consiguió apartarse y temblando, se pasó una mano por la cara. Estaba helando, pero él ardía por dentro y tenía el corazón acelerado. Poppy parecía asombrada.

–Lo siento –dijo Shane con voz ronca–. No debería... no he querido...

La expresión de ella cambió de sorpresa a furia y, dándose la vuelta, echó a correr. Maldiciendo en voz baja, Shane empezó a correr tras ella.

–¡Poppy! ¡Vuelve aquí, maldita sea! ¡Espera! –exclamó. Apenas podía verla bajo aquella cortina de nieve y tenía el corazón tan acelerado que creía que le iba a estallar. Cuando por fin llegó a su lado, estaba casi sin aliento. Tomándola del brazo, la obligó a darse la vuelta–. ¿Dónde crees que vas? Podrías haberte perdido en la nieve. ¡Podrías haber muerto de frío!

–¿Y a ti qué te importa? –exclamó ella, apartando el brazo, pero sin dejar de caminar.

–Estás bajo mi responsabilidad...

–No te preocupes. Yo te absuelvo de toda responsabilidad –lo interrumpió ella, sin mirarlo.

–Tú... no puedes.

–¿Ah, no? ¿Y por qué no?

–Pues... porque el secuestrado siempre es responsabilidad del secuestrador.

Ella se paró entonces y lo miró. De nuevo estaba muy cerca.

–Estás loco.

–Lo sé –contestó. Más que eso, pensaba. Siguieron mirándose sin decir nada. Era una mirada de deseo que ninguno de los dos podía evitar. Él podía verlo en los ojos de ella y podía sentirlo dentro, pero no podía dejar que ocurriera. Y no sólo por el juez. No podía hacerle daño a aquella mujer. Nunca le haría daño a nadie, pero especialmente a ella–. No –dijo suavemente.

La luz pareció apagarse en los ojos de Poppy. Apartando la mirada, empezó a caminar de nuevo, pero sin correr.

Shane la tomó del brazo, preguntándose si ella se apartaría, pero no lo hizo. Simplemente siguió andando, sin decir nada.

Shane tenía que decirse a sí mismo que aquello no estaba ocurriendo. Que no podía perder la cabeza por aquella chica, cuyo perfume, incluso bajo una tormenta de nieve lo estaba volviendo loco.

Tardaron lo que a Shane le pareció un siglo en llegar a la cabaña y, cuando entraron, Shane la soltó el brazo y se dio la vuelta para volver al coche.

–No te vayas –dijo Poppy.

–Tengo que hacerlo.

–¿Por qué?

–Porque no puedo quedarme aquí.

–¿Por qué?

–Tú sabes por qué.

–No, no lo sé –negó ella–. O quizá sí... Te vas porque yo no soy la chica que esperabas, ¿verdad?

–No, no es eso. En absoluto. Pero... ojalá... –no terminó la frase–. Lo que pasa es que yo no soy el hombre adecuado para ti.

Capítulo Seis

Aquello era lo que quería, después de todo. ¿O no era así?, se preguntaba Poppy mientras lo veía alejarse.

Al menos no volvía hacia el coche, sino que parecía dirigirse hacia un pequeño establo.

—Estaré aquí por si me necesitas —había dicho él.

Pero para ella era como si siguiera a su lado porque aún podía sentir sus labios en los suyos.

Lo que ella había querido era una ruptura de la rutina. Un coqueteo momentáneo. Una pequeña broma. Lo que quería, pero no lo que había conseguido.

Lo que había conseguido era un beso que la había hecho sentir un deseo y una pasión por aquel hombre como no había sentido en su vida.

Lo que había conseguido era tan diferente de los besitos castos que Chad solía darle que sentía como si estuviera en un universo completamente diferente.

Lentamente, aún pensando en aquello,

cerró la puerta de la cabaña y se apoyó en ella.

Sabía que, si Shane no se hubiera apartado, seguiría besándolo. O haciendo otras cosas con él. Cosas salvajes y primitivas que la hija del juez Hamilton no haría nunca si recordara quién era.

Tenía que estar agradecida de que él se hubiera marchado, se decía Poppy a sí misma, porque necesitaba recuperar el sentido común.

Tenía que recuperarlo y lo haría porque, más tarde, se alegraría de haber puesto dos puertas y una tormenta entre los dos.

Pero, durante el resto del día no podía dejar de desear que él volviera.

Aquel era su castigo, se decía Shane a sí mismo.

Era su justo castigo por meter las narices en los asuntos de los demás, por cometer un delito, por... requisar a una mujer y, especialmente, por requisar a la hija del juez Hamilton.

Pero tenía que admitir lo que sentía y, a pesar de ello, resistir, ser noble.

Aquello tenía que haber sido un mensaje. ¿Por qué, si no, estaría perdido en la nieve con la única mujer en el mundo a la que no podía tocar?

Si Dios hubiera querido que le hiciera el amor a Poppy, no le habría dado como padre a aquel juez.

–Ya lo entiendo. No me gusta, pero lo aceptaré –dijo Shane en voz alta. Estaba hecho un ovillo, helado de frío y si seguía esperando, lo encontrarían congelado–. Por favor, que la nieve no dure para siempre. Ya sabes que no tengo mucha fuerza de voluntad –añadió, como si hablara con algún poder divino.

Un maravilloso olor salía de la cocina cuando Shane entró de nuevo en la cabaña a las cinco de la tarde.

Iba preparado para ser amable y distante. Muy distante.

Poppy estaba sentada frente a la chimenea, leyendo un libro y levantó la vista cuando lo oyó entrar. Lo miró mientras él se quitaba las botas y la cazadora, pero no dijo nada.

–Eso huele muy bien –dijo él por fin.

–¿Tienes hambre? –sonrió ella.

–Me muero de hambre –contestó él.

–Entonces, ven –dijo Poppy, levantándose. Ya había puesto la mesa y todo tenía un aspecto acogedor, cálido. Invitador.

Ella preparó una lata de buey Stroganoff, con un poco de arroz deshidratado y se disculpó por la falta de guisantes, como si fuera culpa suya.

–Creo que sobreviviré –sonrió Shane.

Durante un rato estuvieron sentados sin hablar, pero el silencio no parecía tan cargado de tensión aquella vez.

–Estaba pensando en que ahora mismo Milly estará casándose –dijo Poppy.

–Ah, claro, es verdad.

–Me alegro de no estar allí –dijo ella.

–¿Por qué? –preguntó el, sorprendido.

–Porque mi padre también iba a asistir y pensaba llevar con él al perfecto marido para mí.

Shane casi se atragantó. Aún le resultaba difícil imaginar que el viejo juez Hamilton era el padre de Poppy, pero era mucho más difícil imaginarlo buscándole un marido.

–Pues ya me imagino lo que él creerá que es un marido perfecto.

–Ya –suspiró ella.

–¿Y él espera que tú lo aceptes?

–Mi padre, como te puedes imaginar, ha querido muchas cosas para mí. Como que estudiase en Yale. Pero no lo hice. O que fuera abogado. Y tampoco lo hice. Encontrar el marido perfecto para mí es lo último que puede hacer para conseguir que yo siga el «camino adecuado». Iba a presentarnos, para ver si nos llevábamos bien, pero está convencido de que éste es el hombre de mi vida.

–¿Y por qué le dejas que lo haga? –preguntó, indignado.

–Porque mi padre es así. Y cree que necesito un marido.

–¿Por qué?

–Porque sigo soltera a los veinticinco años y quiere ser abuelo –suspiró ella. Shane levantó los ojos al cielo. Se imaginaba a sus nietos en fila militar–. Pero mi padre no es malo, no creas. Sabe que quiero casarme y tener una familia y cree que me está ayudando –sonrió con cierta tristeza.

–Pero si eres muy joven.

–Ya lo sé –dijo ella un poco insegura.

–Tu padre querrá para ti el mejor hombre que pueda encontrar.

–Desde luego.

–¿Qué crees que pensará cuando se entere de... esto?

–¿A qué te refieres?

–Que no vayas a la boda. Que estés... requisada. Me imagino que querrá ahorcarme.

–Es posible. Pero yo no pienso contárselo.

–¿No?

–A menos que tú quieras que lo haga.

–No, claro que no.

–Ya me lo imaginaba –sonrió ella.

–Bueno, no creo que le haga ninguna gracia que haya secuestrado a su hija.

–Bueno, pues será nuestro secreto –sonrió–. ¿Vale?

–Vale –respiró aliviado Shane.

La cena duró horas, pero a Shane le parecieron minutos.

No era por la comida, aunque había sido mucho mejor de lo que había esperado. Había sido la conversación; la naturalidad que parecía haber entre los dos.

–No voy a mentir tampoco –dijo Poppy con una sonrisa–. Le diré que me fui a la montaña con un amigo. Somos amigos, ¿no?

–Sí –contestó, un poco inseguro–. Claro que somos amigos.

Sus ojos se encontraron y la corriente eléctrica volvió a recorrerlos. ¿Amigos?

–Cuéntame qué te pasó en el dedo.

Y él lo hizo. Le explicó la cadena de acontecimientos que lo habían llevado a ayudar a un amigo, cómo había ocurrido el accidente y cómo él había tomado el dedo del suelo y había tenido la suerte de que pudieran reimplantárselo.

Ella era la única persona, además de sus amigos vaqueros, que había escuchado toda la historia sin taparse los oídos.

Y tampoco le había dicho, como Jenny y su hermano le habían repetido, que esas cosas le pasaban porque nunca pensaba en las consecuencias de sus actos.

–Desde luego, hace falta tener mucha presencia de ánimo para tomar el dedo del suelo e ir corriendo al hospital con él –le había dicho Poppy.

Aunque le encantaba que ella hubiera dicho aquello, la verdad era que, durante todo

71

el incidente, Shane había sentido que no era a él a quien le estaba ocurriendo. Sólo se dio cuenta de la realidad cuando se despertó después de la operación. Entonces se había desmayado, le contó a Poppy, pero todo el mundo creía que seguía dormido.

Poppy empezó a reírse, con aquella risa suya que le ponía los pelos de punta.

–Ése soy yo. Un tipo rudo, fuerte, que no tiene miedo a nada y que nunca se desmaya por nada –rió él a su vez.

–Y modesto –sonrió Poppy. Después se levantó para preparar el café.

Shane sonrió también. Le gustaba todo lo que aquella chica decía y le gustaba, sobre todo, cómo lo decía. Estaba a punto de levantarse para ayudarla, pero decidió no hacerlo.

Normalmente, después de comer no se quedaba sentado a la mesa. Solía sentirse inquieto, incómodo, pero no aquella noche.

Aquella noche no *quería* estar en ningún otro sitio más que en aquél. Con Poppy.

La observó echando un poquito de leche en su café, como lo había hecho él mismo aquella mañana. Y le gustó que se hubiera fijado. Su cuñada siempre le ponía demasiada y su hermano siempre olvidaba ponérsela, pero ella sabía exactamente cuánta leche poner en su café.

Cuando Poppy le dio la taza, Shane sintió una sensación de bienestar, de calma, que no había sentido nunca y que lo pilló desprevenido.

Por un momento, se sintió preocupado, pero rápidamente se lo quitó de la cabeza.

Lo que quería hacer en aquel momento era disfrutar del momento, sin pensar.

El pasado era pasado y el futuro, impredecible. Aquella tarde era la mejor que había pasado en mucho tiempo. Y eso era lo único importante.

–Seguro que siempre te han gustado los rodeos, ¿verdad? Desde la primera vez que viste uno.

Ella tenía razón, desde luego. La mayoría de la gente no podía entender por qué se dedicaba a aquello y Shane no sabía explicarlo. Pero, desde la primera vez que había visto a un hombre montando un toro salvaje, había decidido que eso era lo que quería hacer.

Lo que para otros hombres era un reto absurdo, para él era algo que simplemente tenía que hacer.

Quizá era porque siempre había sido un chico lleno de energía y tenía que dirigirla hacia algo. Y algo tan feroz, tan salvaje como un toro o un bronco sin domar, parecía estar pidiéndole a gritos que fuera él quien lo hiciera.

–Sí. Es lo único que sé hacer.

–Te comprendo.

Él sabía que Poppy podía comprenderlo porque debería haber sido abogado y, sin embargo, había decidido estudiar botánica, en contra de los deseos de su padre. De hecho, estaba seguro de que, si alguien podía entenderlo, sería ella.

–Es el reto. Es intentar hacer algo que parece imposible.

–Sí.

Él le habló sobre Dusty, un toro con un solo cuerno que parecía odiarlo personalmente.

–Cada vez que lo montaba, intentaba tirarme de una forma diferente. Era como si lo tuviera planeado –rió él. También le habló sobre Sterling Silver, el toro más grande que había montado en su vida–. Era como sentarse en un sofá que, además, podía mandarte a la luna. Y había otro que se llamaba Doberman; lo llamaban así porque, además de tirarte, si podía te daba un mordisco.

–¿Te acuerdas de todos?

–De casi todos. De los que no me acuerdo es de los que me han tirado de la silla –suspiró, echándose hacia atrás el sombrero. Con la taza en la mano derecha, se miró la escayola en la otra mano. El médico le había dicho que no sabrían el resultado de la operación hasta que le quitaran la escayola y que tendrían que esperar–. No sé qué haría si... si no pudiera volver a montar otra vez.

Era la primera vez que decía aquello en voz alta; la primera vez que articulaba el terror que lo asaltaba al pensar que no podría volver a lo que había sido su vida desde que era un adolescente.

Poppy no decía nada. Sólo lo miraba, sin intentar darle consuelo y sin decirle que no se preocupara, como hacían los demás.

Mantenía su mirada y compartía el miedo que había en los ojos y en la voz del hombre.

–¿Qué otras cosas te gustan?

–¿Te refieres a cosas que hagan que uno quiera levantarse por la mañana? –preguntó. Pero no sabía la respuesta.

–Es como la muerte, ¿no? –dijo ella de pronto, mirando hacia la chimenea–. Cuando murió mi madre, me sentí perdida. Yo sabía que iba a morir porque llevaba varios años enferma, pero cuando murió me sentí completamente sola. No sabía qué hacer y mi vida me parecía vacía –murmuró. Shane había vivido aquello él mismo cuando sus propios padres habían muerto, pero la solución para él había sido volver al rodeo, a la carretera, al olvido. Pero cuando no hubiera rodeo, ni carretera... cuando tuviera que mirar alrededor y enfrentarse al futuro... cuando todo hubiera terminado para él... Entendía bien a qué se refería–. Tardé algún tiempo en decidir qué era lo que quería hacer. Y lo que quería hacer, a pesar de mi padre, era trabajar con flores. Quería verlas crecer, cuidarlas, cortarlas, prepararlas para que estuvieran preciosas. Y eso es lo que hice –añadió, mirándolo–. Tú también

75

encontrarás algo, Shane. No sé qué será, pero lo encontrarás. Sé que lo harás –terminó, poniendo su mano sobre la del hombre.

Shane no se movió. Dejó que el calor de la mano de ella calentara la suya. Que el calor de sus palabras entrara en su interior para confortarlo.

Era la situación más extraña del mundo. El secuestrador y su secuestrada. El vaquero y la florista. ¿El castigo divino se habría convertido en una bendición?

Pero sabía que ella tenía razón. Algún día encontraría aquello de lo que Poppy hablaba y sobreviviría. Algún día...

Pero, por el momento, tenían aquel día y, por extraño que pudiera parecer, para él era suficiente.

Capítulo Siete

Aquella noche, la cama de clavos no le parecía tan mala y durmió bien. El vago sentimiento de vacío que lo embargaba cuando pensaba en el futuro no parecía tan intenso.

Tumbado en el sofá, miraba cómo caía la nieve y rogaba que siguiera cayendo.

Y parecía que, aquella vez, sus deseos iban a convertirse en realidad.

Al menos, cuando se despertó a la mañana siguiente, la nieve seguía cayendo y el mundo era más blanco que nunca. Quizá debería estar preocupado, pero no era así. Todo lo contrario.

Quería quedarse allí un día más. Con Poppy.

No era Milly, pero para él era mucho mejor que Milly. Era la hija del juez Hamilton, pero por el momento el juez estaba muy lejos de allí.

Estaba solo con ella y le gustaba. Le gustaba mucho aquella chica tan decidida y tan dulce. Le gustaba que fuera obstinada y comprensiva. Le gustaban sus sonrisas y el color de sus ojos y, sobre todo, le gustaba eso que parecía haber entre los dos.

Sabía que no podía durar, pero durase lo que durase, iba a disfrutarlo todo lo que pudiera.

Y lo más interesante era que, a pesar de la pasión que había sentido cuando la había besado, el deseo de quedarse con ella no tenía nada que ver con el sexo.

Bueno, podía pensar en ello, fantasear. Podía imaginarse cómo sería tener el cuerpo desnudo de ella bajo el suyo, cómo sería sentir su piel rozándose contra la suya, cómo...

Entonces lanzó un gemido. No, no podía seguir pensando aquellas cosas.

Pero sí podía pensar en otras. Era como un juego; estaban atrapados allí y podían jugar a los matrimonios. Sin sexo, claro.

Pero no sería como cuando jugaba con la hermana de Taggart cuando eran pequeños. Jugar a los matrimonios con Erin siempre terminaba a puñetazos.

Seguro que Poppy también se liaba a puñetazos con los chicos cuando era pequeña.

–¿Cómo eras de pequeña? –preguntó él aquella tarde.

Estaban en medio de la nieve y Shane intentaba hacer un camino hasta la verja. Era más por hacer ejercicio que por otra cosa, pero lo mantenía ocupado y, mientras trabajaban, charlaban.

–¿Qué?

–Quiero saber cómo eras de pequeña –repitió él.

–Así –contestó Poppy lanzándole una bola de nieve.

–¡Oye!

–¿No querías saber cómo era de pequeña? –rió Poppy–. Pues era así –añadió ella, lanzándole otra bola.

Shane sabía entender una provocación cuando la veía y, tomando alegremente un puñado de nieve, empezó a perseguir a Poppy Hamilton.

Poppy no había podido dormir en toda la noche recordando a Shane Nichols; sus ojos azules, su sonrisa y, sobre todo, el sabor de sus labios. Quería conocerlo mejor, disfrutar con él.

Así que le tiró la bola de nieve.

Sabía lo que iba a pasar y quería que pasara. Quería que Shane recogiera el guante. Quería que Shane tomara un puñado de nieve y la persiguiera.

Poppy dio un grito y salió corriendo, pero no fue lo suficientemente rápida. En tres zancadas, Shane se colocó a su lado y la tiró al suelo. Poppy reía y él estaba jadenado y, cuando se miraron a los ojos, pareció que el mundo se paraba.

En ese momento sus sentidos parecieron ponerse alerta. Los ojos de Shane parecían más profundos, más azules y su expresión más urgente. Su cuerpo tenso, excitado. Y, sin embargo, no hacía ningún movimiento. Sólo sus ojos se movían, buscando los suyos. Como si todo dependiera de ella. Ella también estaba temblando, pero no de frío. No, temblaba de deseo. Temblaba por la necesidad que tenía de estar cerca de él, de ser tocada por él.

–Shane –susurró.

Él contestó levantándose y ofreciéndole su mano. Cuando Poppy la tomó, la apretó firmemente y, juntos, caminaron hacia la casa.

Cuando estuvieron dentro, él cerró la puerta y se apoyó en ella.

Poppy podría haber dicho algo para suavizar la tensión; podría haber hecho una broma. Pero no podía. Ni quería.

Porque, de alguna forma, se había enamorado de aquel hombre.

Era una locura y lo sabía. Se había prometido así misma que disfrutaría de aquellos días con él y después volvería a su vida normal.

Pero había encontrado a un hombre con el que podía hablar, con el que podía reírse, jugar y... amar.

No sabía por qué sentía que eran almas gemelas. Eran completamente diferentes y, sin embargo, conectaban perfectamente.

Quería saber hasta dónde llegaba aquella

conexión y después no volverían a verse. Pero una vez... sólo una vez... tenía que saber.

Suavemente, empezó a bajar la cremallera de su cazadora. Él no se movía, pero cuando empezó a acariciar su pecho por encima de la camisa, podía sentir los latidos de su corazón. Le quitó la cazadora y empezó a desabrocharle la camisa, mirándolo a los ojos.

–Poppy –susurró él.

–Sí –contestó ella, acariciando su mejilla.

Después lo tomó de la mano y lo llevó con ella al dormitorio. Se tumbaron sobre la cama y se abrazaron. Ella estaba debajo de él y, cuando levantó los ojos, vio una tremenda seriedad en su expresión.

–Poppy –volvió a decir él.

–Sí –volvió a repetir ella, enredando los dedos en su pelo.

Inclinando la cabeza lentamente, él puso los labios sobre los de ella. Era como si el resto de su vida lo hubiera pasado esperando aquel momento.

En aquel momento Poppy entendía por qué Milly tenía aquella expresión de estar en la luna cada vez que volvía de una de sus citas con Cash. En aquel momento entendía por qué estaba distante y apenas hablaba. ¿Cómo podía hablar alguien después de haber sido besada como estaba siendo besada ella?

Pero no eran sólo los besos. Eran las caricias. Eran los dedos de él levantando su jersey

y rozando su piel. Era el peso de su cuerpo sobre ella, la prueba de su atracción por ella, un testamento de su deseo.

–Si vas a pararme, hazlo ahora –susurró Shane mientras levantaba el jersey y empezaba a besar su piel, haciéndola sentir escalofríos.

–No –dijo Poppy. No podía pararlo y no podía pararse a sí misma. Empezó a acariciarle el pelo y el cuello y tuvo que sujetarse allí cuando él le dio un beso justo sobre el botón de los pantalones.

–No deberíamos... –empezó a decir él. Pero Poppy podía ver el deseo, la agonía y la confusión que había en los ojos del hombre.

–Claro que sí –lo interrumpió ella, acariciando su mejilla–. Claro que sí. Por favor.

Él cerró los ojos un momento y cuando los volvió a abrir, Poppy sintió que podía ahogarse en ellos.

–Lo que usted diga, señorita Hamilton –dijo él. Había intentado decir esas palabras con calma, pero lo que le había salido era un sonido ronco e intenso. Sonaban como él se sentía. Ella lo tomó por los hombros y lo apretó contra sí para que se diera cuenta de que no había ninguna barrera.

Y él lo estaba deseando.

Poppy no se paró a pensar en las consecuencias. Fueran las que fueran, se haría cargo de ellas y todo sería un precio pequeño.

Aunque suponía que Shane pensaría que aquello no era más que un mero disfrute sexual. Se imaginaba que lo llamaría «irse a la cama o hacerlo». Pero si era así, estaba equivocado. Porque le estaba haciendo el amor.

Ella lo sentía en la suavidad de cada caricia, en el temblor de sus dedos mientras acariciaban su piel. Lo veía en sus ojos; en la forma que miraba su cuerpo con reverencia. Lo oía en su respiración entrecortada, en el gemido involuntario que lanzó cuando le quitó el jersey. Y lo confirmaban sus besos.

Y ella lo amaba también.

Su padre no podría creerlo. Si estuviera cuerda, seguramente ni siquiera ella podría creerlo.

Pero no lo estaba.

Todo le daba igual. Lo único que quería era amar a aquel hombre.

Y se entregó a sí misma. Había oído el dolor en la voz de él la noche anterior y había visto el miedo en sus ojos, la angustia que sentía cuando pensaba en el futuro. En ese momento había deseado compartir su dolor. Y no sabía por qué. En aquel momento lo sabía. Quería compartirlo porque lo amaba.

En ese momento, Shane la miró a los ojos. Era el momento del compromiso; el momento en el que ya no se podía dar marcha atrás.

Sus movimientos, mientras se quitaban la ropa y se tocaban mutuamente eran ávidos, urgentes. Pero no había nada frenético en ellos, sino apasionado. Intenso. Profundo.

Y cuando él empezó a moverse sobre ella, abriéndola, penetrándola, fue la expresión de amor más real que había sentido nunca.

Apenas sintió el dolor porque estaba perdida en la magia del momento.

De repente, sintió que él se quedaba tenso y lanzaba una maldición entre dientes.

Respiraba con dificultad y no se movía.

Poppy tampoco se movió, pero su cuerpo parecía querer hacerlo, acomodarse a él.

–¡Poppy! –exclamó él, apartándose.

–Lo quiero todo.

–Ya lo tienes todo –susurró él. Pero ella sabía que no era verdad. Sabía que seguía temblando por el esfuerzo de no ser demasiado rápido, de no terminar demasiado pronto.

–No. Aún no. Acércate más.

–¡Eres virgen!

–Era virgen –corrigió ella suavemente.

–¡No deberíamos haberlo hecho! –exclamó él.

Ella levantó la mano de la espalda de él, cubierta de sudor y le acarició la cara.

–Yo quería hacerlo.

–¿Por qué? –preguntó, angustiado.

–Porque... te deseo.

Las palabras eran sencillas y sinceras. Y rompieron el poco control que le quedaba.

Un escalofrío lo recorrió y entonces empezó a moverse de nuevo.

Era un amante urgente, pero al mismo tiempo, suave. Sabía que estaba deseando satisfacerse, pero notaba cómo se sujetaba, cómo intentaba hacer que aquel placer durase más y más, para compartir, para dar, para amarla como tenía que ser amada.

Y no la sorprendía.

Así era aquel hombre. Impulsivo, pero no egoísta. Todo lo que sabía de Shane Nichols confirmaba lo que pensaba sobre él. Hacía lo que hacía pero no por él, sino por los demás.

Y haciendo el amor no era diferente.

Ella intentaba amarlo de la misma forma. Aunque no tenía experiencia parecía saber por instinto cómo acoplar su cuerpo con el de él, cómo moverse con él, cómo atraparlo en sus brazos y darle el amor y el placer que tanto deseaba.

Y debía de estar haciéndolo bien, porque sus movimientos se volvieron más rápidos, sus temblores más intensos. Sentía cómo la urgencia de él crecía y crecía hasta que explotó dentro de ella.

Y, mientras lo abrazaba fuertemente, Poppy sintió que su propio cuerpo se tensaba y, de repente, sintió un placer que la dejó sin aliento.

Rota, pero entera. Exhausta, pero más fuerte y más viva de lo que se había sentido nunca. Lo besó en la cara, en la frente, en la boca.

–Gracias –susurró–. Ha sido maravilloso.

–Yo soy el que debería darte las gracias –dijo él, jadeando. Se apartó y se colocó a su lado, mirándola. No decía nada, como si no supiera qué decir.

Poppy tampoco lo sabía. Su corazón estaba lleno y había experimentado sensaciones que no sabía que existieran.

Y estaba segura de que nunca volvería a sentirlo.

Haber experimentado la proximidad, la intimidad de aquel hombre y saber que no duraría era doloroso.

Algo de lo que estaba sintiendo debía notársele en la cara, porque Shane la tocó el brazo.

–¿Estás bien?

–Claro –mintió ella, forzando una sonrisa.

–Te he hecho daño.

–No –contestó. No como él creía. No como iba a dolerle cuando dejaran aquella cabaña para vivir cada uno su vida–. No me has hecho daño. Me has amado.

Él parpadeó y se quedó pensando un momento. Después sonrió. Era un sonrisa triste.

–Ojalá pudiera –susurró.

Menuda fuerza de voluntad tenía. ¿De verdad había creído que podría resistirse a los encantos de Poppy Hamilton?

Incluso sabiendo quien era su padre, ¿de

verdad había creído que iba a poder mantener los vaqueros abrochados y las manos en los bolsillos?

No, desde luego que no. Y en aquel momento tenía que luchar contra su conciencia.

Aunque estaba acostumbrado a los cargos de conciencia, se decía mientras miraba a la mujer dormida.

Aquella noche no estaba en el sofá. Podría haber vuelto allí, pero no lo hizo. Ella quería que durmieran juntos.

Estaba allí tumbado, pensando y deseándola de nuevo.

Él había querido sexo; o al menos eso pensaba. Y lo había conseguido. Y mucho más.

Ella le había dado su virginidad y más que eso. Su alma y su corazón.

Lo sabía porque lo había visto en sus ojos. Sabía lo que estaba pasando y no podía detenerlo. No quería detenerlo.

Sólo la deseaba a ella e intentaba darle todo lo que podía a cambio.

No era mucho y, desde luego, no era suficiente. Nada de lo que él poseía sería nunca suficiente para ella.

Quizá ella nunca le contaría lo que había pasado a su padre. Quizá nunca nadie lo sabría más que ellos dos.

Y quizá, si no hubieran hecho el amor, él habría podido olvidarla. Pero ya no podría.

A partir de entonces, llevaría consigo los recuerdos del momento más dulce y más hermoso que había tenido en su vida. Tendría que irse a la tumba con el recuerdo de la sonriente Poppy Hamilton en su corazón.

El juez habría dicho que se lo merecía.

Se despertaron con la luz del sol, que estaba derritiendo la nieve y con la voz de Taggart Jones en la puerta de la cabaña.

–¡Shane! ¿Estás ahí?

–¿Quién es? –preguntó Poppy.

Shane, maldiciendo entre dientes, saltó de la cama y se puso los vaqueros.

–Taggart. El dueño de la cabaña –contestó él. Probablemente habría subido a ver cómo estaba su ganado y había visto la camioneta–. ¡Estoy aquí! –gritó–. Un momento.

Después de ponerse los vaqueros a toda prisa, Shane salió de la habitación.

–He visto tu camioneta –dijo Taggart cuando Shane abrió la puerta–. ¿Estás bien?

–Sí –contestó él, intentando abrocharse la camisa–. Es que... me he quedado dormido. He intentado sacar la camioneta del bache un par de veces, pero no he podido.

–¿Y qué demonios estabas haciendo aquí arriba?

–Nada. Dando un paseo.

–¿En medio de una tormenta?

–¿Es que tú nunca has hecho ninguna tontería?

–Una o dos –contestó Taggart. De repente, se oyó el ruido de los muelles de la cama y Taggart lo miró con suspicacia–. ¿Hay alguien más ahí?

–No es asunto tuyo –contesto Shane.

–Bueno, si ella ha venido contigo por su propia voluntad –sonrió Taggart, imaginándose lo que estaba ocurriendo.

–¿Qué crees, que voy por ahí secuestrando gente?

–Nunca se sabe –replicó Taggart, mirando hacia el dormitorio. Pero no veía nada–. ¿Quién es? –susurró.

–Da igual.

–Eso es lo que siempre me ha gustado de ti, Shane. Que cuando quieres algo... –no terminó la frase y empezó a reírse, con admiración–. Venga, ven conmigo. Llevo un móvil debajo de la silla y podemos llamar a Jed para que traiga su quitanieves. Podrás salir de aquí enseguida.

Así que se había terminado. Así de sencillo.

Taggart había llamado a Jed McCall y éste había subido con su quitanieves. En menos de dos horas, Jed había hecho un camino desde la carretera y, entre los tres, habían sacado del bache la camioneta de Shane.

–Gracias –había dicho Shane.

–De nada, hombre –contestó él–. Cuídate –añadió, mientras volvía a entrar en su quitanieves.

Taggart volvió a montar en su caballo y se despidió de Shane tocándose el sombrero.

Poppy salió al porche cuando él se acercaba con la camioneta.

–Qué rápido.

–Sí –contestó él, saliendo del vehículo y deseando que volviera a nevar y que pudieran mantener aquel mundo de fantasía que se habían creado para los dos.

No sabía cómo mirarla en aquel momento, cuando el mundo real acababa de envolverlos de nuevo. Todo había cambiado.

–¿Tu amigo ha limpiado el camino hasta la carretera?

–Sí.

–Qué bien.

Él la miró un segundo, intentando averiguar si ella sentía lo mismo que él. Pero no era posible, se decía a sí mismo. Ella le había dado su amor, pero no esperaba nada a cambio. Porque era una mujer realista y no esperaba nada de un tipo como él.

–Lo mejor será que apague la calefacción y cierre el agua. Después podremos irnos.

–Ya lo he hecho yo.

Así que ella estaba deseando marcharse. No podía culparla; ella tenía su vida y él no había sido más que un pequeño intermedio.

Le hubiera gustado entonces ser otro tipo de hombre. Uno de esos hombres con los que las mujeres veían el futuro, un hombre con sentido común.

Pero no lo era y los dos lo sabían.

La vuelta a Livingston la hicieron casi en silencio. Estaban juntos, pero no se tocaban. Para ser dos personas que no podían dejar de tocarse la noche anterior, en aquel momento parecían no tener nada que decirse.

Hasta que Shane no paró el coche frente a su apartamento y los dos salieron de la camioneta, ninguno se atrevía a mirar al otro.

Y entonces, por impulso, la abrazó de nuevo. La atrajo hacia sí y rozó sus labios suavemente.

Eran suaves, cálidos, envolventes y se abrían para él. Pero sabía que no tenía derecho. No en el mundo real.

Shane cerró los ojos y trató de concentrarse en el momento. Sabía que lo recordaría incluso más que la noche anterior, porque era la última vez que iba a tocarla.

Cuando se separaron, él intentó sonreír.

–Adiós, Poppy Hamilton –dijo, acariciando su mejilla.

Después se dio la vuelta y entró en la camioneta. Encendió el motor y desapareció, sin mirar atrás.

No pensaba hacerlo por nada del mundo.

Capítulo Ocho

Se había ido.

Un segundo antes estaba allí, besándola, haciéndola soñar y después... se había ido.

Poppy se quedó quieta, mirando, esperando que él diera la vuelta, pero eso no ocurrió.

Se había ido y estaba sola. Y entonces, sólo entonces, se dio la vuelta y subió a su apartamento, a la vida real.

Su gato estaba enfadado con ella, las plantas sedientas y los periódicos se apilaban frente a su puerta. La luz de su contestador marcaba más mensajes de los que podía contar.

Poppy apagó el contestador sin escuchar los mensajes. Había vuelto al mundo real; el mundo en el que había vivido durante veinticinco años sin cuestionárselo.

Pero en ese momento, se lo estaba cuestionando porque hubiera deseado estar de nuevo en la cabaña con Shane.

Tenía que olvidarse de ello, se decía a sí

misma, porque sabía que aquello no podía durar, pero saber algo y enfrentarse a la realidad de ese algo eran dos cosas diferentes, como le había dicho el día anterior a Shane sobre la muerte de su madre.

Ella sabía que su madre se estaba muriendo como sabía que aquellos días en la cabaña tenían que terminar. En ambos casos se había enfrentado con la realidad y había sufrido enormemente.

Cuando se tumbó sobre la cama le parecía extraña. Deseaba estar en la cama con Shane, en los brazos de Shane.

–Estás loca –dijo en voz alta. Pero no lo estaba. Shane la había besado y la había amado hasta que había perdido de vista la realidad y después, de repente, volvía a ella; a un apartamento vacío con un contestador lleno de furiosos mensajes de su padre–. Eso volvería loco a cualquiera –añadió, apretando la almohada contra su pecho–. A cualquiera –repitió como para convencerse a sí misma. Quizá era así, porque en su mente ya no veía aquella habitación, sólo veía la cabaña. Y tampoco sentía la almohada contra su pecho; sentía el peso de Shane sobre su cuerpo y sus brazos alrededor. No era el algodón de la tela en su cara, sino la aspereza de la barba de Shane.

Su gato la devolvió a la realidad, colocándose a su lado. Aquella era su vida y tendría que seguir adelante con ella. Pero lo haría, a partir del día siguiente porque aquella noche sólo quería dormir.

Y quizá, con un poco de suerte, soñaría con Shane.

–¿Cómo que qué tal la boda? ¿No estabas allí? –preguntó Amber, la chica que la estaba ayudando en la tienda durante la luna de miel de Milly.

Poppy había abierto la tienda a las siete de la mañana. No podía dormir y no había razón para seguir en la cama, así que se había levantado, había tomado café y se había dicho a sí misma que se sentía mejor. Era una mentira necesaria y, quizá, si se la repetía a menudo acabaría por convencerse.

Mientras tanto, intentaría vivir como si aquellos días en la cabaña con Shane no hubieran ocurrido nunca. Aunque empezaba a preguntarse si no habría sido una fantasía suya.

¿Cómo era posible que Amber no supiera que ella no había acudido a la boda?, se preguntaba.

–Tuve que... salir de la ciudad –contestó sin mirarla–. Fue algo repentino. La ceremonia debió de ser maravillosa.

–Bueno, no sé si fue maravillosa pero, desde luego, fue muy interesante. Cuando Cash entró en la iglesia para llevarse a Milly, como si fuera una película...

–¿Qué?

–Y no hubo boda –sonrió Amber–. ¿Dónde estabas tú? ¿En el polo Norte?

–Algo así –contestó ella, ansiosa–. Cuéntame qué pasó.

–Bueno, pues la boda había empezado con toda normalidad. Los novios habían entrado por el pasillo...

–Venga, sigue –la interrumpió ella.

–Bueno, eso no importa, porque nadie va a acordarse.

–¿Qué pasó?

–El sacerdote estaba empezando a leer las palabras, cuando de repente empezaron a oírse unos gritos a la entrada de la iglesia y Cash se abrió paso dándole un puñetazo a uno de los padrinos.

–¿Que Cash le dio un puñetazo a uno de los padrinos?

–Bueno, dicen que se resbaló por el hielo, pero la verdad es que tiene un ojo morado –sonrió la chica.

–Es increíble.

–Cash entró en la iglesia y le dijo a Milly que, si ella le decía en frente de todo el mundo que ya no lo quería, se daría la vuelta y no volvería a molestarla nunca –Amber hizo una pausa dramática.

–¿Y qué pasó?

–¡Que no pudo! Empezó a llorar y nadie sabía qué decir. El sacerdote estaba pálido.

–No me extraña. Esas cosas no se enseñan en el seminario –dijo ella, sin pensar. No podía creer que Cash hubiera hecho aquello. Le había pegado un puñetazo al hombre que se interponía en su camino y había entrado a la fuerza en la iglesia para interrumpir la boda de la mujer que amaba. ¿Qué habría ocurrido si hubiera entrado en la iglesia y se hubiera encontrado con que su novia había sido secuestrada por uno de sus amigos?

–Es increíble, ¿verdad?

–Desde luego.

–Milly seguía llorando y entonces empezó a pedirle disculpas a Mike y Mike parecía que iba a pegarle un puñetazo a Cash.

–¿Y lo hizo?

–No, sólo lo miraba con cara de desprecio. Y después le dijo a Milly que si quería a Cash podía quedarse con él. Después de eso se marchó y todo el mundo se quedó en suspenso. Entonces Cash dijo que no había razón para estropear la boda y que él sería el novio, pero Milly le dio una bofetada, diciendo que quién se había creído que era. Una lástima que te lo perdieras.

–Ya veo –murmuró Poppy–. ¿Y dónde están Milly y Cash ahora?

–¿Quién sabe? Milly salió de la iglesia corriendo y Cash le pidió disculpas a todo el mundo, diciendo que sentía haber arruinado la fiesta pero que, si querían tomar algo, podían ir a El Barril. Creo que quería dejar un rato a Milly a solas.

–Qué listo.

–Bueno, ¿y tú dónde estabas?

–Ya te lo he dicho. Me fui... a pasar el fin de semana fuera con un amigo.

–¿Con esa tormenta?

–No nevaba tanto cuando me fui.

–Nevaba muchísimo. Ese amigo debe de ser muy, muy especial.

Su padre entró en la tienda justo cuando iba a cerrar.

–Tú lo sabías, ¿verdad?

Poppy, que estaba dando los últimos toques a un ramo de rosas y pensando por enésima vez aquel día en Shane, levantó la mirada, sorprendida.

–¿Sabía qué?

–Que Callahan iba a entrar en la iglesia como un toro, haciendo el ridículo. El verdadero amor lo conquista todo, ¿no es así? –preguntó su padre, furioso, dirigiéndose hacia ella.

–Pues yo creo que es muy romántico –contestó. ¿Es que él tampoco se había dado cuenta de que ella no estaba en la iglesia?

–Tú sabías lo que Callahan iba a hacer, ¿no?

–No, claro que no.

–Y entonces, ¿por qué no estabas allí?

–Pues... tuve que marcharme a última hora.

–¿Dónde? Has estado fuera tres días.

–Tuve que salir de la ciudad.

–Milly es tu mejor amiga, Poppy. ¿No me digas que no fuiste para no conocer a Phillips?

–No. Es que tenía que hacer una cosa y... me gustaría conocerlo en otro momento. Estoy segura de que es... muy agradable.

–¡Agradable! Que palabra tan tonta. Es un hombre fuerte, amable y con una buena cabeza sobre los hombros. Algún día será el hombre más poderoso de Montana, ya lo verás.

–Lo haré –contestó ella. Pero no pensaba verlo muy de cerca.

–Bueno, la verdad es que da igual que no fueras porque Phillips tampoco pudo acudir. Pero, por lo menos, él llamó para avisar –dijo su padre, mirándola con ojos acusadores–. Me ha dicho que vendrá dentro de un par de semanas y te espero en mi casa el día que venga. Puedes hacerle una de las recetas de tu madre.

–Papá, yo...

–Es un buen partido, Poppy. Un buen hombre. Educado, con un buen trabajo. Su familia posee la mitad del condado. Algún día hará muy feliz a una mujer.

–Pero a lo mejor quiere elegirla por su cuenta –sugirió ella.

–No tiene tiempo –replicó él–. Es un hombre muy ocupado y yo le estoy echando una mano.

–Papá, las cosas no se hacen así...

–Yo sí las hago así –interrumpió él–. Te llamaré cuando la cita esté preparada –añadió, dándole un beso en la mejilla.

–Creí que te habíamos perdido.

–¿Qué? –preguntó Shane, confuso. Estaba mirando por la ventana, pero no veía nada más que a Poppy abrazándolo. No había oído una palabra de lo que Jenny estaba diciendo. No había oído una palabra desde que había vuelto al rancho tres día antes.

–He dicho que creí que te habíamos perdido. Que te habías cansado de esperar y habías hecho alguna tontería, como volver al rodeo.

–No –contestó. Había hecho una tontería, pero no ésa.

–Me alegro –sonrió Jenny.

Él consiguió devolver la sonrisa y volvió a mirar por la ventana, pero seguía sin ver nada más que la cara de Poppy. No sólo la recordaba mientras hacían el amor; recordaba su sonrisa, las charlas, la pelea con bolas de nieve, lo recordaba todo.

Se había dicho a sí mismo que tenía que olvidarla, como había olvidado a todas las chicas que habían pasado antes por su vida. Pero no podría olvidar a Poppy.

–¿Te encuentras bien?

–¿Eh?

–Te he preguntado si te encuentras bien. Desde que volviste estás... no sé, diferente. Más callado –dijo Jenny poniéndole la mano en la frente–. No tienes fiebre.

–No estoy enfermo.

–Pero tampoco estás bien.

–Estoy inquieto –dijo, encogiéndose de hombros–. Llevo demasiado tiempo aquí.

–El médico ha dicho que tienes que reposar durante un mes como mínimo. Necesitas tiempo para que se cure la herida.

–Lo necesita mi mano. No yo –dijo él, de pronto. Aquella tenía que ser la razón por la que se encontraba en aquel estado; la razón por la que estaba tan obsesionado con ella era porque no tenía nada que hacer–. Es hora de que vuelva a mis cosas.

–¿Y dónde vas a ir?

–Da igual. Iré a casa de algún amigo. Ya veré.

–¡Pero eso es una locura, Shane! –exclamó Jenny. La puerta se abrió y Mace entró en el salón, con los críos a la espalda–. Mace, tu hermano está diciendo que se marcha.

–Ya sabes que yo no puedo aguantar la rutina.

–La gente puede cambiar –dijo Mace, escéptico.

–Yo no.

–Tendrás que hacerlo algún día.

–Aún no.

Aún no estaba preparado para hacerlo. Ya tendría tiempo para ello; tenía toda la vida por delante. Pero aún no.

–Haz lo que quieras –dijo su hermano.

–Pero... –empezó a decir Jenny.

–No depende de nosotros. Depende sólo de él.

–Así es. Depende de mí, así que me marcharé por la mañana.

Era justo lo que necesitaba; la carretera, el espacio abierto, el horizonte frente a él.

En cuanto salió del rancho, sintió que sus pulmones se expandían. No era que no quisiera a su familia; los quería. Y también quería a sus sobrinos. Los niños eran tan importantes que ya no podía imaginarse la vida de su hermano sin ellos.

–¿Por qué te vas? –le había preguntado su sobrina con tristeza.

–Tengo que hacerlo –había dicho él, mientras guardaba las cosas en su bolsa de viaje.

–¿Por qué? ¿Alguien te ha mandado que lo hagas? –preguntaba la niña.

–No, nadie me lo ha mandado.

–Pues entonces no te vayas –dijo Pilar abrazándose a sus rodillas–. ¿Es que ya no nos quieres?

–Claro que os quiero –contestó él, levantándola en brazos.

–Entonces, ¿te marchas porque es por tu propio bien?

Shane intentó imaginarse por qué decía aquello. Quizá era porque había oído a sus padres decir algo parecido.

–A lo mejor es que está huyendo de algo –sugirió uno de sus sobrinos.

–No estoy huyendo de nada.

No lo estaba, se repetía a sí mismo, mientras se alejaba de su familia y de Poppy. Por supuesto que no estaba huyendo de nada.

Podría olvidarlo. Pero necesitaría tiempo. Y Poppy tenía mucho tiempo entre las manos.

Tenía su trabajo, su gato y las llamadas de su padre informándola de cómo iban sus progresos con el elusivo J.R. Phillips.

Pero J.R. Phillips parecía estar tan ocupado que ya casi no era una amenaza, así que la vida de Poppy había vuelto a la rutina.

Al principio pensó que Shane podría aparecer por la tienda. Sabía que estaba en el rancho de su hermano en Elmer y sólo había media hora de camino de allí a Livingston. Pero no fue así.

Y tuvo que decirse a sí misma que era lo mejor. Si lo viera de nuevo, ¿qué podría decirle? ¿Qué podría hacer?

¿Sería capaz de aparentar indiferencia?

Desde luego no era aquello lo que sentía y no podía evitar levantar la mirada llena de esperanza cada vez que se abría la puerta de la tienda, incluso después de que hubiera pasado una semana.

Pero siempre era algún cliente.

Hasta el lunes siguiente, cuando se abrió la puerta y entró Milly.

La semana anterior Milly no había aparecido por la tienda a pesar de que no había habido boda y, por lo tanto, tampoco luna de miel, pero Poppy no había querido llamarla.

–Hola –sonrió Poppy levantando los ojos de los tulipanes que estaba regando. Milly gruñó como respuesta–. Si no te apetece trabajar, puedes volver a tu casa.

–¿Por qué no me iba a apetecer? ¿Qué otra cosa puedo hacer si no estoy aquí?

–No lo sé –contestó Poppy, sorprendida–. ¿Qué has estado haciendo hasta ahora?

–¿Quieres decir desde que no fuiste a mi *no* boda?

–Debería haberte llamado, pero no sabía qué decir –dijo Poppy, incómoda.

–Nadie sabía qué decir. ¿Cómo se atreve a interrumpir mi boda y destrozar mi vida?

–¿Ha destruido tu vida de verdad? –preguntó. Milly le lanzó una mirada asesina–. Bueno, si no estabas enamorada de Mike...

–¿Y tú cómo lo sabes? –replicó Milly poniéndose a arreglar unos ramos de flores.

–No, no lo sé. Yo...

–Tú ni siquiera estabas allí cuando ocurrió todo –reprochó su amiga, recortando unos tallos como si fueran el cuello de alguien–. ¿Dónde estabas?

–Pues... tuve que marcharme de la ciudad urgentemente.

–Un hombre –dijo Milly amargamente, golpeando el mostrador con la mano–. Al infierno con los hombres.

–No son tan malos, Milly. Cash te quiere.

–¡Cash está loco! Está convencido de que por interrumpir mi boda voy a caer en sus brazos como una damisela.

–¿Y no lo vas a hacer?

–Le he dicho que por mí puede morirse –contestó, clavándole las tijeras a una pobre begonia. Después empezó a sollozar y tuvo que sacar un pañuelo–. Maldita sea.

–Milly –dijo suavemente Poppy–. Vete a casa, de verdad.

–No –replicó ella con tono desafiante–. No quiero irme a casa. Mi madre me dice que hable con él y mi padre que habría que pegarle un tiro. Llevo una semana escuchándolos a los dos y me están volviendo loca. Tengo que salir de allí.

–No creo que vayas a vender muchas flores con esa cara.

–Les diré a los clientes que tengo alergia.

–Ah, eso ayuda mucho a las ventas –bromeó Poppy.

–Bueno, no lo haré. Pero no me mandes a casa, Poppy, por favor. Tengo que hacer algo. Tengo que dejar de pensar en él –admitió por fin–. Lo odio. Y lo quiero. Estoy hecha un lío.

Poppy la comprendía perfectamente.

Shane cerró todos los bares entre Elmer y Spokane con sus amigos y después se dirigió hacia el sur, buscando un tiempo más cálido.

–Voy a buscarme una chica en bikini para pasar un buen rato –le dijo a su amigo Martin en Oregón.

Y cuando paró en Red Bluff, vio a una antigua amiga, Dori, con un bikini rojo. Pero a Shane no le apetecía pasar un buen rato con ella. Además, estaba lloviendo en Red Bluff y no estaba suficientemente cerca del mar, así que siguió su camino.

Paró en Santa María para ver a otro amigo. Santa María estaba cerca del mar y no llovía. Pero Norm no tenía muchas amigas y las que tenía no quería que fueran pervertidas por Shane.

–¿Y qué te hace creer que las voy a pervertir?

–Te conozco –contestó éste.

Shane ni siquiera se conocía él mismo.

Nada de lo que le había gustado hasta el momento parecía gustarle. Ni siquiera le llamaba la atención perderse en la carretera. La idea de que, en la siguiente curva podría haber luces más brillantes y chicas más guapas no ejercía ninguna atracción sobre él.

Se decía a sí mismo que era porque no estaba compitiendo y aquel viaje no tenía ningún propósito.

Aquello era la verdad, pero no pensaba en ello. Pensaba en Poppy.

Y tenía que quitársela de la cabeza.

Dejaría de pensar en ella cuando volviera al rodeo y rezaba para que eso ocurriera lo más pronto posible.

Cuando llegó a Portland fue a ver al doctor Reeves y éste le quitó la escayola para comprobar el estado de cicatrización.

–Dobla el dedo –le estaba diciendo.

Shane lo intentó, pero le dolía y era incómodo, como si estuviera intentando mover el dedo de otra persona.

–Me pondré mejor –le aseguró al médico–. Se lo aseguro. Volveré al rodeo enseguida.

–Ahora tienes treinta y dos años, ¿verdad? –preguntó el médico, mirando sus informes.

Treinta y dos años no era nada, se decía Shane a sí mismo. Estaba en lo mejor de su vida, en sus mejores años.

A menos que uno se dedicara a montar toros salvajes para ganarse la vida, claro.

Encontraría otra cosa, como le había dicho Poppy, pero no sabía qué y le hubiera gustado preguntarle a ella.

Le hubiera gustado compartir su angustia con ella. Le hubiera gustado besarla y tocarla y hacerle el amor una y otra vez.

Pero Poppy estaba en Montana y él estaba en...

Ni siquiera recordaba dónde estaba.

Capítulo Nueve

Cuando Kyle, su antiguo profesor del instituto llamó a Poppy para salir, ella sugirió que salieran también con Milly y algún otro amigo y él había sugerido a Larry, el entrenador del equipo de fútbol.

Tenía que volver a hacer su vida normal y Milly debía hacer lo mismo, así que le pareció buena idea.

–Son muy simpáticos –había asegurado Poppy–. Kyle tiene todo lo que busco en un hombre; es amable, serio y respetuoso...

–A mí me suena muy aburrido –la interrumpió Milly.

Poppy se sentía inclinada a pensar lo mismo cada vez que se encontraba con su antiguo profesor del instituto, Kyle Raymond, pero tenía que hacer algo para distraerse.

–Venga. Si no vas a casarte con Cash y tampoco vas a casarte con Mike, tendrás que salir con algún otro.

–¿Y qué pasa si también quiere casarse conmigo? –habría bromeado su amiga.

–Espero que no –rió Poppy.

Pero, al final, salieron. Y fue una tarde aburridísima. Al menos para Poppy.

Cuando Kyle la llamó al día siguiente para invitarla a un concierto en Billings el sábado por la noche, Poppy aceptó a pesar de que no le apetecía lo más mínimo.

–Pero si no te gusta –había dicho Milly.

–Sólo voy a ir a un concierto con él.

–Nunca te enamorarás de un hombre así –siguió su amiga.

–Eso no lo sabré nunca si no salgo con él, ¿no te parece?

–Si estás enamorada o no es algo que se sabe inmediatamente.

–Yo no lo creo.

Pero estaba empezando a creer que su amiga tenía razón.

Habían pasado tres semanas desde que Shane la había secuestrado, amado y abandonado y aún le resultaba imposible olvidarse de él.

–Buenas noticias.

–Buenos días, papá –la voz de su padre la había despertado a las seis de la mañana del domingo, después del concierto en Billings. Sólo su padre podría llamarla a aquella hora de la mañana un día de fiesta–. ¿Qué noticias? –preguntó, cubriéndose con la manta y deseando volver al sueño que estaba teniendo an-

110

tes de que la despertara el teléfono; estaba soñando con Shane.

–J.R. vendrá a cenar a casa el viernes por la noche –dijo su padre. Poppy gruñó al otro lado del hilo–. No seas testaruda, hija. J.R. es todo lo que puedes esperar de un hombre. Es inteligente, listo, honrado, guapo, rico y no le importa que su mujer trabaje. Me ha...

–¿Es que le has preguntado? –casi chilló Poppy incorporándose en la cama.

–Pues claro que le he preguntado. No quiero presentarte a alguien que no sea perfecto para ti. Confía en mí, Poppy, lo haga por tu bien. Y, además, tú siempre has querido casarte y tener hijos. Desde que eras un niña siempre decías que lo que querías era una gran familia.

–Sí, pero...

–Eso no se puede tener sin casarse.

–Podría... –empezó a decir Poppy.

–No, no podrías.

–No, claro, pero...

–Y yo siempre he querido ser abuelo –insistió él. Poppy empezó a sentirse culpable–. J.R. será un buen padre, ya lo verás.

Sería perfecto, pensaba Poppy, pero no era Shane.

–Ve con un hombre –había dicho Milly cuando Poppy le contó las tristes noticias el lunes por la mañana–. Podrías llevarte a Cash.

–¿Te hablas con él?

–No, pero mi madre sí. Le puedo decir a ella que se lo pida.

–No. No sería convincente. Además, después de lo que hizo en tu boda, mi padre lo dejaría hecho pedazos.

–No sería mala idea –dijo Milly–. ¿Y Kyle?

–No –contestó ella. Kyle era demasiado blando. Su padre se lo comería crudo.

–Larry no estaría mal.

–No.

Ni siquiera Larry sería competidor para su padre porque Poppy sabía que no podría fingir entusiasmo por él. Su padre entendería inmediatamente lo que estaba haciendo y no valdría de nada.

Sólo había un hombre que podría hacer que su padre se parase a pensar un momento; sólo un hombre en el que ella se mostrase tan interesada que su padre se daría cuenta de que su idea del hombre perfecto no iba a llegar a buen puerto.

Un hombre. Pero no se atrevía.

No se habían visto en semanas y, si él hubiera estado interesado, la habría llamado.

Y, sin embargo, no podía dejar de pensar que lo que había ocurrido entre ellos no había sido sólo por su parte.

Seguramente sería así con todas las mujeres, se decía a sí misma.

Pero sabía que no. Sabía que él no compartiría su intimidad con demasiada gente.

Y estaba segura de que su talante encantador por naturaleza era en realidad una fachada para que la gente no lo conociera en profundidad.

—¿Y desde cuándo eres psicóloga? —se preguntó a sí misma en voz alta.

—¿Qué?

—Nada —murmuró Poppy—. Estaba pensando.

—Pues piensa rápido —le aconsejó Milly—. Porque el viernes está a la vuelta de la esquina.

Quería llamar a su casa.

Quería llamar a Mace y a Jenny y hablar con sus sobrinos. Quería que Jenny sujetara el teléfono al lado del piano para oír a Pilar cantando aquellas horribles canciones que solía cantarle.

Y especialmente quería preguntarles si habían estado en Livingston y si habían pasado por casualidad por una tienda de flores, si habían visto a la propietaria, si seguía tan guapa como la recordaba y, sobre todo, si estaba tan triste como lo estaba él. Si ella también sentía que se estaba muriendo.

Pero no llamó.

Él no era ese tipo de persona. Había salido de su casa con dieciocho años y no había vuelto a mirar atrás.

Había llamado de vez en cuando, pero no había pensado en su casa todo el tiempo. Así era él. Así había sido él. «Corazón que no ve, corazón que no siente».

–Ya, seguro –murmuró para sí mismo mirando la cabina de teléfono en Prescott–. Pues mírate ahora.

En ese momento, entró en la cabina y marcó el teléfono. Sólo para saludar, para oír las voces de su familia.

–¿Cómo estáis? –le preguntó a Jenny.

–Bien –contestó ella, sorprendida–. ¿Cómo estás tú?

–Bien, muy bien –respondió. Pero su voz le sonaba hueca, falsa.

–Me alegro mucho de que hayas llamado. ¿Dónde estás?

–En Prescott, Arizona.

–Qué lejos. Demasiado lejos –añadió, después de una pausa.

–¿Demasiado lejos para qué?

–Para venir a cenar.

–¿Quieres que vaya a cenar?

–Yo no. Una chica que se llama Poppy.

–¿Poppy? Soy...

–¡Shane! –oyó una exclamación al otro lado del hilo. Al menos se alegraba de oír su voz, así que no lo estaría invitando a cenar para que su padre pudiera arrestarlo.

Había estado dándole vueltas durante, al menos, quince minutos después de hablar con Jenny, intentando decidir si debía llamarla o no. Su cuñada le había dicho que había advertido a Poppy de que ni siquiera sabían dónde estaba, pero que se lo dirían si llamaba.

Así que no tenía por qué llamar. Podía fingir que no había recibido el mensaje o que no lo había recibido a tiempo. Hubiera sido más inteligente.

Pero él era Shane Nichols y las decisiones inteligentes no solían estar a su alcance.

–Sí... hola –dijo, aclarándose la garganta que sentía, de repente, seca–. Jenny... mi cuñada... me ha dicho que has llamado y... –no podía seguir. Estaba sudando a chorros y no era por el calor.

–Me dijo que no sabía dónde estabas. ¿Estás en casa? –preguntó Poppy.

–No –contestó él. Le gustaba oír el sonido de su voz y se imaginaba su sonrisa y sus ojos pardos y tuvo que apoyarse en la pared de la cabina–. Me acaba de dar tu mensaje de que querías... cenar.

–Sí... esperaba que pudieras venir. Pero me ha dicho...

–El viernes, ¿no?

–Sé que no hay mucho tiempo, pero...

Para un hombre que solía hacer las citas con media hora de antelación, aquello era como un millón de años. Daba igual que estuviera en Arizona; él estaba acostumbrado a conducir cientos de kilómetros en un día.

–Iré.

–¡Maravilloso! A las seis en punto en casa de mi padre.

–¿*Qué*? –Shane casi tiró el teléfono.

–Ah, perdona, se me había olvidado decírtelo. Es que... ha encontrado el hombre perfecto para mí. ¿Te acuerdas? Ya te conté que lo estaba haciendo –le informó ella un poco desesperada.

–¿Quieres que cene con tu padre y con... su idea del hombre perfecto para su hija? –su voz sonaba más desesperada aún.

–No tienes que hacer nada. Sólo... estar ahí. Mi padre espera que prepare una cena estupenda y que no deje de sonreír para que ese hombre crea que soy la mujer perfecta. ¡Y no puedo!

–Madre mía.

Hubo un largo silencio al otro lado del hilo, pero Poppy no pensaba abandonar.

–Ya sé que mi padre no te cae muy bien, pero eso pasó hace muchos años, ¿no? Eras un niño.

–No tantos años.

–Él no se acordará.

–Se acordará.

–Le dará igual.

–No, no le dará igual.

–¡Shane! –exclamó, exasperada–. Por favor.

–Poppy... no –contestó él por fin. No sólo no conseguiría convencer a su padre de que era mejor partido que el hombre perfecto, sino que volvería a ponerlo en ridículo.

–Me debes una –dijo Poppy, después de una larguísima pausa.

–¿Qué?

–Me has oído. Me debes una. Yo no he contado nada sobre el secuestro...

–No era un secuestro –corrigió Shane.

–Era un secuestro –afirmó ella–. No se lo he contado a nadie y podría haberlo hecho. Todo el mundo en Livingston quería saber dónde había estado aquel fin de semana y, sobre todo, con quién. Ahora todos creen que tengo un amante misterioso.

–¿Y qué hay de malo en eso?

–¡Que yo no soy nada misteriosa! Lo que soy es una embustera. Y, si tengo que mentir por culpa tuya, lo mínimo que puedes hacer es venir a cenar el viernes y hacer como que estás interesado por mí.

Es que estaba interesado en ella, le hubiera gustado decirle.

–¿Por qué yo?

–Porque eres el único que... bueno, confía en mí. Tú eres el único hombre con el que puedo convencer a mi padre.

–Sacará la pistola en cuanto me vea.

–Shane, por favor, te necesito. Creí que tú...

117

creí que nosotros –después hizo una pausa–. Bueno, da igual, no importa.

Pero importaba.

Y Shane lo sabía. Se dio cuenta de ello enseguida. Pero no quería ayudarla pretendiendo que era el hombre de su vida. Quería *ser* el hombre de su vida.

–Allí estaré.

Al día siguiente, Poppy llamó de nuevo al rancho del hermano de Shane.

–Le di tu mensaje –le dijo su cuñada–. Pero estaba en Arizona y...

–¡Arizona! –exclamó. No sabía que estuviera tan lejos y había llamado sólo para decir que no hacía falta que fuera, que había cambiado de opinión. No quería obligarlo. Quería que estuviera a su lado, desesperadamente, pero no quería que lo hiciera a la fuerza–. Me llamó ayer por la tarde –le dijo a Jenny–. Y me dijo que vendría, pero no me dijo que estuviera en Arizona. Llamaba para decir que ya no hace falta que venga.

–¿No quieres que vaya?

–Pues... –no podía decirlo–. ¿Te importaría decírselo si llama?

–Se lo diré –prometió Jenny.

Y probablemente lo haría.

Pero el viernes, mientras preparaba la cena

en la cocina de su padre, rezaba para que Shane apareciera.

Pero si decidía hacer todo el camino desde Arizona iría primero al rancho de su hermano y Jenny le daría el mensaje. Se enfadaría por haberlo obligado a recorrer tantos kilómetros para nada, pero seguramente se sentiría aliviado.

Intentaba no pensar en él mientras ponía el mantel de damasco blanco y sacaba los cubiertos de plata del cajón.

Estaba preparando una típica cena americana, con pavo al horno y lo que esperaba en realidad era que aquella cena tan fuerte se le atragantara al hombre perfecto.

No podía imaginarse que un hombre en edad casadera no saliera corriendo si una joven cocinaba algo así en su honor. A menos que, de verdad, estuviera buscando esposa.

Aún seguía teniendo esperanzas de que, a pesar de lo que opinaba su padre, J.R. Phillips no tuviera muchas ganas de casarse.

Y, si era así, lo despediría amable pero firmemente.

Pero todo habría sido más fácil si Shane hubiera estado allí.

Cuando miró por la ventana vio que se acercaba un coche. Su padre, sin duda, con el hombre perfecto del brazo.

Cuando sonó el timbre se quitó el mandil y salió a abrir la puerta con su mejor sonrisa de anfitriona.

Era Shane.

Jenny le había dicho que ya no tenía que ir.

—Tu Poppy ha llamado —le había dicho cuando llegó al rancho la noche anterior—. Parece que ya no tienes que ir a cenar.

—¿Ha dicho que ya no quiere que vaya? —pregunto, Shane ignorando la mirada inquisitiva de su cuñada.

—No dijo eso exactamente.

—Entonces, ¿qué es lo que dijo? —preguntó Shane, exasperado.

—Que no hacía falta que fueras.

—¿Y para eso me ha hecho venir hasta aquí?

—Debe de ser una chica muy especial —murmuró Jenny.

—Lo es.

Así que había ido a pesar de todo. Temprano.

Y cuando ella había abierto la puerta, había sentido tal alegría al verla que se preguntaba cómo había podido estar apartado de ella durante tanto tiempo.

—Bueno, —sonrió él— ¿la invitación sigue en pie o no?

Ella sonrió y aquella sonrisa era incluso mejor que la sonrisa con la que había soñado.

–¡Claro que sí, claro que sí, Shane! –exclamó ella, lanzándose sobre él.

Cuando la tomó en sus brazos, dio rienda suelta a todo el deseo y toda la desesperación que había sentido durante aquel mes y apretándola contra sí, la besó en los labios.

Era como volver a casa.

Aquel beso le revelaba todos los sentimientos que había querido esconder, todos los deseos que había intentado ahogar.

–¡Poppy! –susurró él, mientras acariciaba su pelo. Sus cuerpos no parecían querer despegarse el uno del otro. Shane sintió que ella metía la mano por detrás de su chaqueta para levantar la camisa y después sintió los dedos de ella en su piel desnuda. Con una mano aún acariciando su pelo, él introdujo la otra por debajo de su jersey y empezó a acariciar aquella piel con la que había soñado–. Cómo te he echado de menos, Poppy. No sabes cómo te he echado de menos, no he podido dejar de pensar en ti.

–Yo también, Shane. Yo también –susurró ella.

Volvieron a besarse, con fuerza, con desesperación, casi con agonía.

Cuando la puerta se abrió, el frío viento de febrero los dejó helados a los dos.

–¿Estamos interrumpiendo? –oyeron la voz del padre de Poppy.

Capítulo Diez

Desde luego, no los habían encontrado en el mejor momento.

–Oh, no –murmuró Poppy mientras con una mano intentaba colocarse la blusa y con la otra arreglarse el pelo, mirando a Shane, que estaba metiéndose la camisa dentro del pantalón, pálido como la cera–. Papá... llegas pronto.

–Llego a la hora exacta –replicó su padre mirando el reloj.

–Ah –dijo ella tontamente, pasándose la mano por el pelo–. Claro. Se me ha pasado el tiempo volando.

–No lo dudo –dijo su padre muy serio. Aunque no la estaba mirando a ella; estaba mirando a Shane con expresión asesina.

Poppy se preguntaba si empezarían a darse de puñetazos allí mismo.

–¿Shane Nichols? –oyeron de repente una voz–. ¿Qué demonios estás haciendo aquí?

–¿Rance? –exclamó Shane tan sorprendido como el otro hombre.

–George no me había dicho que tú también venías a cenar –dijo el hombre, estrechando firmemente su mano–. Pero me parece que no lo sabía –añadió, con un guiño.

Shane intentaba recobrar la compostura y sonreía levemente, mientras el resto de su expresión se mantenía alerta.

–Rance –volvió a repetir, con un cierto tono de resignación o eso le pareció a Poppy–. Debería haber sabido que eras tú.

El juez Hamilton, su castigo. Rance Phillips, su salvador.

Shane imaginaba que debía de haber cierta lógica divina en todo aquello.

Había empezado catorce años antes, durante su último año en el instituto, el día antes del partido entre los Halcones de Murray y los Águilas de Elmer.

Los equipos de fútbol de los dos colegios siempre habían sido rivales. Murray había ganado durante los tres años anteriores y Shane había decidido que aquella racha tenía que terminar. Y tenían que hacerlo con un poco de psicología, le había dicho a su amigo Jacke.

–Hay que quitarles el orgullo –le había dicho.

–¿Qué?

–Hay que quitarles el halcón –contestó Shane. Los Águilas no tenían un águila de verdad porque era una especie protegida, pero aquel año el equipo contrario había llevado un halcón de verdad. Incluso habían hablado sobre ello en el periódico local.

Era un joven halcón, recién recuperado después de romperse la pata y que después del partido dejarían libre de nuevo, pero hasta entonces, algún estudiante aplicado había convencido a los de la protectora de animales de que lo dejaran en el departamento de biología. Todo el equipo estaba ilusionado con el halcón y el entrenador del equipo usaba aquella ilusión para motivar a los muchachos. El halcón iba a ser puesto en libertad en cuanto terminara el partido, como un gran final de fiesta–. Les robaremos el halcón –había insistido Shane.

–No podemos robarlo –había protestado Jacke–. Eso es ilegal.

–No vamos a robarlo para siempre; sólo durante una semana. Después del partido se lo devolveremos. Pero, mientras tanto, les daremos otra mascota –sonrió.

–¿Qué mascota?

–Un ratón.

Jacke había accedido de mala gana, porque no tenía mucha personalidad, pero no le gustaba la idea.

–¿Y si nos pillan?

–No nos pillarán –le había asegurado Shane–. ¿Qué crees, que hay guardas nocturnos en el instituto?

No había guardas, pero lo que sí tenían era

un profesor de biología que solía trabajar hasta muy tarde y que resultó estar en el instituto cuando Shane salía con el halcón dentro de una bolsa.

Lo habían acusado de allanamiento y de robo.

—Pero si la puerta no estaba cerrada —había protestado Shane. Pero la jaula sí—. ¡Yo no he entrado en la jaula!

Daba igual. Las autoridades de Murray estaban furiosas y querían un castigo ejemplar. Y los de la protectora de animales querían su cuello.

El director del instituto además, añadía el cargo de malicia. No era sólo que hubiera entrado en el instituto para robar, sino que había reemplazado al predador por un roedor, un animal con implicaciones insultantes para Murray y los alumnos. Todo el mundo sabía lo que querían decir dejando un ratón. Y llamar cobardes a los alumnos de Murray era un insulto imperdonable.

El director del instituto de Elmer tampoco estaba entusiasmado con el escándalo. El alevoso hurto de Shane, como él lo había llamado, dejaba en mal lugar a los alumnos de Elmer y al pueblo en general.

Mirando desde su altura y desde su muy considerable nariz al joven criminal había tenido que reconocer que había que hacer algo.

Los cargos y las posibles consecuencias iban aumentando cada día. Shane tenía dieciocho años y podría ir a la cárcel, le habían informado. El halcón era un animal muy valioso y su robo podría no ser considerado como falta sino como un delito mayor.

–No querrás ser acusado de un delito mayor –le había dicho su abogado. Shane, estupefacto, no había podido decir nada–. Quizá podamos intentar llegar a un acuerdo. El juez Hamilton es famoso por su, digamos, creativa forma de dictar sentencia.

Entonces había entrado en escena el juez Hamilton.

Y el ratón.

–Estaba intentando quitarles su orgullo –le había dicho el juez cuando lo llevaron frente a él, tratándolo de usted, algo que lo dejó sorprendido y, sobre todo, asustado. Aunque con aquella frase definía perfectamente lo que los demás habían llamado hurto alevoso, robo o comportamiento criminal y Shane, agradecido de que, por fin, alguien lo entendiera, asintió reconfortado–. Iba a robarles el halcón, dejar el ratón y saltar de alegría por lo listo que había sido, ¿verdad? –preguntó, mirándolo con sus inquisitivos ojos. Bueno, pues sí, aquello era lo que esperaba, pero no quería decirlo. El silencio se hizo tan espeso que, al final, tuvo que asentir con la cabeza–. ¿Se siente orgulloso de sí mismo? ¿Quizá incluso un poco... gallito? –insinuó. Shane se movió nervioso en la silla, sin saber qué decir–.

Quizá es su orgullo entonces lo que necesita una lección, señor Nichols.

El juez lo sentenció a alquilar un disfraz de ratón y aparecer de aquella guisa en el partido. Tenía, además, que sentarse entre el público de Murray y ser el que dirigiera el coro de animadoras.

Shane no daba crédito. Pero el juez no había terminado.

Tendría que asistir a todos los partidos del equipo de Murray hasta el final de la temporada. Vestido de ratón.

Fue un castigo muy efectivo y que no acabó cuando terminó la temporada, como el juez debía de haber imaginado. Durante años todo el mundo hizo comentarios al respecto; se reían en su cara todos, los compañeros de Elmer y los de Murray.

Pero él lo había soportado estoicamente. Había pagado el precio y nunca se había quejado.

La desgracia era que, aquel año, Murray tenía un buen equipo, con el mejor capitán que habían conocido en años y la temporada no terminaba nunca. El capitán era J.R. Phillips. Los fans de Phillips eran legión y a los partidos acudía gente de todo el estado. Todo el mundo veía las grandes jugadas de aquel muchacho... y a un tipo vestido de ratón.

Una noche, Shane estaba esperando que los jugadores se ducharan y se fueran del vestuario para cambiarse ropa. Ya era suficientemente horrible tener que aguantar los comentarios con el traje puesto como para tener que aguantarlos también cuando se lo quitaba.

Pero aquella noche, mientras se apresuraba a quitarse aquel horrible disfraz, se le enganchó la cremallera.

Podía sacar la cabeza y los pies, pero la maldita cremallera no se movía. Tiraba de ella hacia arriba y hacia abajo, cada vez más nervioso, hasta que empezó a considerar la idea de romper el disfraz. Pero le había costado cincuenta dólares y, si lo rompía, tendría que volver a comprar otro.

Estaba imaginándose que tendría que salir de allí con el disfraz puesto cuando se abrió la puerta del vestuario y entró el héroe del equipo de Murray.

Atrapado en el disfraz de ratón, Shane se quedó muy quieto, esperando algún comentario humillante.

Pero no fue así.

–Hola –dijo J.R., mientras empezaba a desvestirse. Shane no se movió–. ¿Necesitas ayuda?

–¡No!

Pero aún no había podido quitárselo cuando oyó que Phillips salía de la ducha.

Shane se puso las botas y salió corriendo del vestuario.

No iba a pedirle a John Ransome Phillips, el héroe del equipo de Murray que lo ayudara a quitarse el disfraz de ratón.

Casi todo el mundo se había marchado a casa y sólo quedaba un pequeño grupo de muchachos que estaba discutiendo con otros chicos de Murray.

Shane no tenía que pasar al lado de ellos y, si no hubiera llevado un largo rabo colgando, nadie lo habría visto.

Pero, incluso con la tenue luz del aparcamiento, era muy difícil no notar un ratón de un metro ochenta. Uno de los chicos lo vio y, de repente, decidió que ya tenía diversión para aquella noche.

—¡Vamos por el ratón! —gritó. Los tres muchachos corrieron hacia él y lo rodearon, gritando y coreando insultos relativos a la cobardía del pobre roedor.

El intercambio de puñetazos empezó casi inmediatamente.

Shane luchaba como un valiente pero eran demasiados. Lo tiraron al suelo y, cuando creía que iban a patearlo, notó que uno de sus atacantes salía despedido. Después otro y, por fin, el último.

Cuando Shane se levantó del suelo, los atacantes habían decidido que lo mejor era volver a su casa y no meterse más con él.

Jadeando y sangrando por la nariz, Shane miraba a su alrededor, intentando descubrir quién lo había salvado.

Era J.R. Phillips.

—Parece que les hemos dado una lección.

–Eso parece –asintió Shane sin saber si estaba imaginando aquello. ¿J.R. Phillips se había pegado con unos tipos por él?

–¿Qué pasa, te gusta meterte en problemas? –preguntó, señalando el disfraz.

–No.

–Entonces ¿por qué no te has quitado eso?

–Se ha atascado la cremallera.

–¿Y por qué no me has pedido que te ayude? –preguntó, riendo–. No, claro, lo entiendo –añadió, después de una pausa–. Soy J.R. Phillips –dijo, ofreciéndole su mano.

–Lo sé –dijo Shane–. Yo soy Shane Nichols.

–Mis amigos me llaman Rance –dijo J.R., pasándole un brazo por los hombros. ¿Amigos? ¿Es que iban a ser amigos?–. Tienes narices Shane Nichols. Eso desde luego. Hay que tener narices para venir aquí todas las semanas vestido así. Venga, deja que te ayude a quitarte eso.

–Te debo una –le dijo Shane.

Y aún se la debía.

No había mejor persona en el mundo que Rance Phillips, y nadie lo sabía mejor que Shane. No era un cursi con un título de la universidad de Harvard. Era un vaquero con un título de la universidad de Harvard. No era el hijo de un rico hacendado al que se lo habían dado todo hecho. Todo lo que tenía se lo había ganado él cuando su padre lo había desheredado por decidir que le gustaban los caballos y los toros salvajes.

Shane sabía que se había pagado la universidad con el dinero que ganaba en los rodeos y no le había dado a su padre la satisfacción de ser él quien pagara sus estudios.

Después de graduarse, Shane había dejado de verlo y suponía que habría vuelto al rancho para hacer las paces con su padre.

Desde luego, aquél era un buen hombre. Un hombre fuerte, educado y, sin duda, muy rico. Pero, sobre todo, era un hombre de verdad.

El juez había encontrado el único hombre que podía merecerse a Poppy y el único al que Shane cedería su sitio.

Pero no podía dejar de reconocer cuánto dolía.

La cena le supo amarga, aunque tenía que admitir que era el mejor pavo que había probado en su vida.

Le gustaba la casa, con sus paredes de madera y cómodos sillones de cuero. Le gustaban la chimenea de piedra y las alfombras indias en el suelo de madera. Le gustaba todo eso pero, sobre todo, le gustaba la idea de ver a Poppy todas las noches.

Cada vez que la miraba, ella le sonreía y cada vez que hablaba, se quedaba mirándolo embelesada. Una vez sus pies se rozaron debajo de la mesa y se quedaron allí un momento, acariciándose mientras se miraban a los ojos.

Él intentaba mantenerse atento a la conversación y contestaba seriamente a todas las preguntas. Hablaban sobre ganado, algo sobre lo que Shane sabía mucho no sólo por su trabajo sino por el rancho de su hermano. Hablaba bajo el punto de vista del pequeño ranchero y Rance lo hacía desde el del ranchero a gran escala. El juez escuchaba, daba su opinión y hacía preguntas.

Nunca hubiera podido imaginarse que algún día estaría sentado a la mesa del juez Hamilton, hablando sobre cosas interesantes con él.

Quizá se estaba, por fin, convirtiendo en un adulto. Pero era demasiado tarde.

Se daba cuenta de que a Poppy le caía bien Rance; aunque ella intentaba evitarlo no podía. Nadie podía. Estaba en la naturaleza de Rance ser amable, simpático, encantador.

Cuando terminaron de cenar, Poppy le pidió que la ayudara a retirar los platos y, mientras lo hacía, recordaba las noches que lo habían hecho juntos en la cabaña. Al principio se habían sentido incómodos, pero después habían hablado, se habían reído y se habían amado.

Y seguía amándola. Aquella noche se dio cuenta de cuánto la amaba.

Pero no podía decírselo porque aquella noche Rance estaba con ellos. Y el juez había salido al porche para fumar un puro.

Así que, en lugar de hablar con Poppy, le estaba explicando a Rance cómo había perdido el dedo. Y Rance le contó que la última vez que había montado un toro había terminado en el hospital con un brazo roto.

—Eso me hizo pensar un poco. Si no me hubiera ocurrido quizá seguiría en ello, pero después decidí cambiar de planes.

Un hombre con una opción como un título de Harvard tenía muchas oportunidades, al contrario que él.

—Ahora te dedicas a algo mejor —señaló Shane.

—Mejor no, diferente —corrigió Rance—. Deja que te ayude —dijo cuando vio a Poppy intentando cortar lo que quedaba de carne en el pavo para guardarla—. Eso se me da muy bien.

Y, mientras Shane lo observaba, Rance dejó el pavo en los huesos. ¿Es que había algo que Rance no supiera hacer?

Cuando el juez volvió a entrar, Rance y él empezaron a hablar de leyes y después sobre la situación inmobiliaria de Livingston. Algo que Poppy parecía conocer bien.

Dijo algo sobre un tipo llamado Chad, que no era muy escrupuloso con sus negocios.

—¿Quién es Chad?

–Mi ex–novio.

Shane ni siquiera sabía que hubiera tenido un novio y se sentía incómodo, pensando en todas las cosas que no sabía de ella.

–No era el más escrupuloso de los hombres –dijo su padre, con la cara de juez que ponía cada vez que emitía un juicio sobre alguien.

–¿Qué fue de él?

–Llegó a un acuerdo con los que lo habían demandado y se marchó de aquí –contestó Poppy. El juez no decía nada; su expresión era suficientemente expresiva.

Shane tampoco dijo nada más. Se quedó escuchándolos y, cada vez que Poppy le sonreía, él intentaba devolverle la sonrisa.

Lo angustiaba darse cuenta de que estaba fuera de lugar y estaba deseando levantarse, darles las gracias por la cena y dejarlos solos.

Pero no podía. Sólo unos minutos más, se decía. Unos minutos más para imaginarse que era su casa, su vida, su mujer. Sólo un poco más de tiempo para mirarla, para escuchar su voz.

Era la mujer más guapa, más inteligente y más dulce del mundo y se merecía un hombre con las mismas cualidades.

Se merecía a Rance, no a él.

Fue Rance quien se levantó primero.

–Tengo que irme. Mañana tengo que ver a un cliente en Billings.

–Creí que ibas a quedarte a dormir –le reprochó el juez.

–No puedo. La reunión es a primera hora y ya sabes cómo es. Hay que estar bien despierto –sonrió. Con desgana, el juez se levantó también, junto con Poppy y Shane–. Muchas gracias por la cena, Poppy. Ha sido el mejor pavo que he probado en mi vida –dijo, estrechando su mano.

–Gracias a ti por venir –sonrió Poppy–. Encantada de haberte conocido.

–Lo mismo digo. La cena ha sido tan maravillosa como el juez me había prometido –sonrió Rance. Después hizo una pausa y la miró a los ojos–. Y tú también –añadió, besando su mano. Shane tuvo que apretar los dientes. Rance lo miró y, por un momento, ninguno de los dos dijo nada. Después Shane apartó la mirada–. Encantado de haberte visto, Shane. Un día tenemos que quedar para salir por ahí –le dijo, tocándole amistosamente en el brazo.

Después, saludó al juez y se marchó.

–Bueno, yo también me marcho –dijo Shane.

–¿Por qué? –preguntó impulsivamente Poppy–. Quiero decir que casi no hemos tenido tiempo de... hablar.

Shane no podía hablar. No podía decir lo que quería decir. Tenía que marcharse.

–Se ha hecho tarde.

–Tiene razón –dijo el juez.

Por primera vez aquella noche, aquel hombre y él se miraron a los ojos y fue como si volviera atrás catorce años; el juez y el gamberro.

Y el juez volvió a ganar.

—Gracias —dijo—. Gracias por todo.

—Puedes venir a cenar otro día —dijo Poppy—. Podemos...

—No, no podemos.

—Pero...

—Buenas noches, Nichols —dijo el juez. No lo había dicho de una forma arrogante, simplemente como si constatara un hecho.

Pero, claro él era la ley. Y Shane un fuera de la ley.

Shane era quien era y, como era así, hizo lo último que hubiera esperado el juez.

Tomó a Poppy en sus brazos y la besó en los labios largamente.

Era todo lo que deseaba, todo lo que había soñado. Y, por un instante, era suya.

Completamente suya.

Pero no era más que un sueño. Él era sólo un vaquero sin futuro y ella una mujer que se merecía lo mejor.

Shane se apartó por fin, pero no podía dejar de mirarla. Tenía que mirarla por última vez, decirle con los ojos lo que no podía decirle con palabras.

«Te quiero», le dijo a Poppy desde el fondo del corazón.

Capítulo Once

Poppy no esperaba que Shane demostrara su pasión hacia ella delante de su padre.

Sin embargo, esperaba volver a saber de él. Pero pasó un día, después otro. Una semana y no llamó.

Su alegría se convirtió en preocupación y su esperanza en angustia.

Él la amaba; de eso estaba segura porque lo había visto en sus ojos y lo había sentido en aquel beso, pero no volvió a saber de él.

Podría ser que su padre hubiera hablado con él y le hubiera advertido que se apartara de ella, pero estaba segura de que no habría sido así. Y si lo hubiera hecho, estaba segura de que Shane se habría enfrentado con él.

–Espero que sepas lo que estás haciendo –le había dicho su padre cuando Shane se marchó aquella noche.

–Lo sé –había contestado ella.

Pero ya no estaba tan segura.

¿Habría estado Shane jugando con ella?, se preguntaba. Pero, ¿cuántos hombres harían cientos de kilómetros en una noche sólo para jugar con alguien? No tenía sentido.

Al menos no lo tenía hasta que, una mañana se abrió la puerta de la tienda y apareció Rance Phillips.

Cuando la vio tras el mostrador, su cara se iluminó.

–Hola. Quería llamarte, pero he estado muy ocupado. Me encantó conocerte la otra noche.

–Muchas gracias –sonrió ella.

–Pero no me hiciste mucho caso –siguió Rance–. Parecía que estabas pendiente de otras cosas.

–Fue un error –dijo, apartando la mirada.

–¿Qué te pasa? ¿Shane te está dando problemas? –preguntó de repente, casi como un hermano.

–¡No! –exclamó ella sorprendida–. No lo he visto desde aquella noche –añadió, aunque sabía que Rance no era precisamente el hombre más adecuado para hablar sobre aquel tema.

–Cuéntame qué pasa –dijo él, colocándose delante de ella frente al mostrador y mirándola a los ojos.

Poppy se dio cuenta por su expresión decidida que no iba a moverse de allí hasta que le contara lo que estaba pasando y se imaginó que aquella debía de ser la forma en la que interrogaba a los testigos.

–No hay nada que contar –suspiró ella por

fin–. Creí que Shane y yo éramos... bueno, no sé. Pero parece que estaba equivocada.

–¿Te lo ha dicho él?

–No. Ya te he dicho que no lo he vuelto a ver desde aquella noche y supongo que se habrá marchado a algún rodeo.

–¿Sin decirte nada?

–Nunca nos hemos prometido nada.

–Pues aquel beso parecía muy prometedor.

–Eso es lo que yo pensaba –dijo ella con tristeza–. Y después he pensado que quizá mi padre lo habría asustado.

–No, seguro que no.

–Mi padre no le cae bien. Tiene que ver con algo que pasó cuando era un adolescente.

–Ya –sonrió Rance–. No es uno de sus recuerdos favoritos.

–¿Tú sabes qué pasó? –preguntó, ansiosa. Rance asintió–. Cuéntamelo.

–No puedo.

–Pero...

–No. Pregúntale a él si quieres que te lo cuente.

–Si vuelvo a verlo –suspiró Poppy, pasándose la mano por el pelo–. Posiblemente, yo esperaba demasiado. En realidad, no somos una pareja.

–Pues a mí me lo parecía –bromeó Rance.

–Sí, bueno, no nos dimos cuenta... Nos conocemos desde hace muy poco tiempo, pero ha sido algo muy especial. Creo que he pensado que era más importante de lo que es en realidad.

–Basándome en la evidencia, yo creo que que hay una esperanza razonable.

–Entonces, ¿por qué no me llama?

–¿Él sabía que tu padre me había invitado a cenar?

–¿Quieres decir si sabía los planes que tiene mi padre para ti y para mí?

Antes de conocerlo, nunca se le hubiera ocurrido hablarle al hombre perfecto de una manera tan franca, pero en aquel momento sentía que podía hablar con aquel hombre con toda claridad.

–Sí, esos planes –sonrió él.

–Por eso le pedí que fuera.

–¿No le pediste que fuera a cenar porque estás enamorada de él?

–No –contestó ella, poniéndose colorada.

–Ya veo –musitó él, pensativo. Un segundo más tarde, dándole un golpecito en la mejilla, se despidió y salió de la tienda.

–¿Que si puedes volver a montar? –preguntó el doctor Reeves, mirando a Shane por encima de sus gafas–. Sí, pero no deberías hacerlo. ¿Eso va a impedir lo hagas?

–No –contestó Shane.

–Deberías hacer más rehabilitación –siguió el médico–. Es un poco pronto.

–Tengo que volver a montar –dijo Shane, mirando fijamente al médico, como si así fuera a convencerlo de que ya estaba curado.

–¿Estás sin dinero? –preguntó el médico. Conocía bien a aquella clase de vaquero.

–Algo así –contestó él. Pero no era el bolsillo lo que le dolía; era el corazón.

No sabía qué hacer con su soledad porque nunca antes se había sentido solo.

Había sido un error involucrarse con Poppy; ella era demasiado buena para él y lo había sabido desde el principio.

Aunque había intentado convencerse de que podría haber un futuro con ella, el sueño se había roto cuando había visto a Rance.

Él no podía competir con Rance y no deseaba hacerlo.

Pero tampoco podía quedarse allí y ver lo que iba a ocurrir. Tenía que salir de allí, marcharse, olvidarse de todo.

Y lo hizo.

Jenny y su hermano pensaban que estaba loco, pero él estaba seguro de que allí no había futuro para él.

Le dio las gracias al doctor Reeves y, tomando su sombrero, desapareció.

Tenía que montar a un toro no demasiado grande, pero muy habilidoso, llamado Venganza. Ya lo había montado en San Francisco y sería un reto. Justo lo que le hacía falta.

Llegó al circuito del rodeo poco antes de que empezara el espectáculo y allí la secretaria le puso un número en la espalda, deseándole buena suerte.

–Espero no necesitarla –dijo él, guiñándole un ojo.

Los vaqueros que estaban por allí lo saludaron y se alegraron al verlo de vuelta.

–¿Cómo estás? –preguntó uno de ellos.

–Bien –contestó Shane, sacando la cuerda y colgándola de la cerca. Pero estaría mejor cuando hubiera terminado, cuando todo hubiera vuelto a ser como antes, cuando los pensamientos que circulaban por su cabeza no fueran todos sobre Poppy.

Él iba en cuarto lugar y, cuando empezó a colocar el lazo, el hábito y el instinto lo hicieron sentirse más seguro. Apretó el nudo y flexionó el dedo varias veces, rezando para que todo fuera bien. Después se puso los guantes y montó en el toro, encerrado en el toril, sujetándose a la silla.

Como en los viejos tiempos.

Cuando hizo una seña, el encargado abrió la cerca y el toro salió disparado, dando coces, revolviéndose, saltando.

Shane se sujetó, intentando mantenerse concentrado, pero todo daba vueltas a su alrededor. La multitud no era más que una mancha borrosa en la que no podía distinguir a nadie... excepto a una persona.

Después de que sonara el timbre que marcaba el tiempo reglamentario, se dejó caer sobre la arena, preguntándose qué hacía allí Rance Phillips.

Porque, desde luego, aquél que había visto era Rance.

¿Es que ser abogado, millonario y haberse quedado con la chica no era suficiente para él? ¿También quería la hebilla de oro?

Shane no sabía la respuesta y no pensaba preguntar. Rance era su amigo, pero había cosas que no se podían compartir ni con el mejor de los amigos.

—¡Buen trabajo, Shane! —le decían los compañeros, golpeándolo en la espalda.

—Setenta y ocho segundos sobre el toro —le decían otros.

—Sí —murmuró Shane, dirigiéndose hacia la salida.

—¡Shane! ¡Shane Nichols!

Él sabía quién estaba llamándolo y no se volvió inmediatamente. Esperó a oír los pasos tras él y, cuando se dio cuenta de que era inevitable, se volvió.

No sonreía. Le daba igual que Rance pensara que no sabía perder. No sería más que un detalle más en una vida llena de errores, así que no tendría importancia.

—Hola, Rance.

—Hola, Shane —dijo su amigo—. Has estado muy bien ¿Qué tal el dedo?

–Bien. ¿Qué estás haciendo aquí?

–Me gustaría decir que he vuelto al rodeo, pero... –sonrió Rance.

–¿Quieres ganar la hebilla, además de todo lo que tienes? –preguntó. No había querido decir aquello y no quería que Rance pensara que era mezquino, pero las palabras habían salido de su boca sin que pudiera evitarlo.

–No.

–Entones, ¿por qué has venido?

–¿Quieres decir por qué no estoy en Livingston, con Poppy?

Rance nunca se andaba por las ramas y eso era algo que Shane admiraba.

Pero lo maldecía en su interior por decir aquello. Al mismo tiempo, sabía que no habría paz en su vida hasta que no aceptase que aquella era la realidad.

–Sí –contestó, intentando parecer indiferente, pero sin conseguirlo.

–Ya me lo imaginaba. Y me lo temía. Pero hombre, Poppy no quiere saber nada de mí. ¡Está loca por ti!

–Eso es una tontería.

–Sí, yo también lo creo, pero sobre gustos no hay nada escrito.

–¿Es una broma?

–No, no lo es. Es la verdad, chaval. Está en Livingston, llorando de pena por un tipo tan idiota como tú.

–Eso no puede ser verdad –replicó Shane.

Pero, en el fondo de su corazón, se había encendido una lucecita de esperanza.

–Vale. Pues no es verdad –dijo Rance ante la obstinación de su amigo, dándose la vuelta.

–¡Un momento! ¡Espera un momento, maldita sea! –llamó Shane, sujetando a Rance por el brazo. Rance se paró y se quedó mirando a Shane sin decir nada–. ¿Estaba llorando?

–Bueno, eso ha sido una licencia poética. En realidad, no estaba llorando de verdad. No por fuera, pero estaba llorando por dentro, te lo aseguro.

–Seguro que no es por mí.

–¿Desde cuándo eres tan bueno mintiéndote a ti mismo? –preguntó Rance, exasperado–. Claro que es por ti, idiota. Me lo ha dicho ella misma.

–¿Te lo ha dicho? ¿Has hablado de mí con ella?

–¿Por qué no? Tú eres mi amigo y ella es tu chica.

–No lo es.

–Vale, pues no lo es –replicó Rance, dándose la vuelta de nuevo.

–¿Qué dijo de mí? –preguntó Shane, tomándolo de nuevo del brazo.

–Pregúntale a ella.

–No está aquí –dijo Shane, nervioso, mirando alrededor–. No está aquí, ¿verdad?

–No, no está aquí. Está en su casa, sintiéndose tan sola como tú. ¿Por qué te has ido sin decirle nada? ¿Has querido apartarte para dejarle paso a un hombre que la mereciera más que tú? –bromeó Rance.

–Algo así –contestó él, entre dientes.

–Pues muchas gracias, pero tú te la mereces tanto como yo.

–¿Ah, sí? ¿Más que el capitán del equipo de fútbol del instituto, el heredero del rancho Phillips, el tipo que tiene una licenciatura en Harvard?

–Todo eso no está mal –contestó su amigo, mirando al suelo–. Pero la verdad es que... yo siempre te he tenido como ejemplo.

–¿A mí? Sí, seguro. Te hubiera encantado llevar un disfraz de ratón, o ser un vaquero sin futuro o... secuestrar a la mujer equivocada.

–¿Qué?

–Nada. ¿Yo soy tu ejemplo? No digas bobadas.

–No estoy diciendo bobadas. Todo lo que yo tengo me ha sido fácil conseguirlo. Lo único que no fue fácil fue dedicarme al rodeo, a pesar de la oposición de mi padre. Nunca me había arriesgado hasta entonces, pero tú te arriesgabas todo el tiempo. No siempre ganabas, pero... tenías valor. Tú me has enseñado muchas cosas, Nichols – dijo, sin mirarlo–. Tú eras mi héroe.

–Eso no tiene sentido –replicó Shane. ¿Él, un héroe para Rance?–. Venga ya.

–Estoy intentando decirte que lo vas a estropear, Shane. Poppy te está esperando, pero no va a esperarte siempre. He llamado a tu hermano, he molestado a tu médico, he incordiado a todo el mundo para encontrarte. Y aquí estoy... sólo para que no arruines tu vida.

–Lo dices de verdad –afirmó entonces, Shane, perplejo.

–Sí. Ahora todo depende de ti.

Parecía muy sencillo.

Shane subió a su camioneta, llenó el tanque de gasolina y se dirigió hacia Livingston.

Al día siguiente, aparcó frente a la tienda de Poppy, pero no se atrevía a moverse.

Se quedó sentado en la camioneta, diciéndose que era absurdo pensar que podría entrar de repente en la vida de Poppy y esperar que ella lo amara sin condiciones. Que era absurdo esperar que ella lo amase como la amaba él. ¿Qué podría ofrecerle a una mujer como ella?

Poppy era inteligente, educada y tenía su propio negocio.

Él no tenía nada.

Era listo, instintivo, pero su educación dejaba mucho que desear y se estaba haciendo demasiado viejo para su trabajo. Un trabajo en el que uno podía terminar con la cabeza rota por unos cuantos dólares.

No iba a haber muchos rodeos más en el futuro y lo sabía. Y sabía también lo que tenía: nada.

Ni proyectos, ni planes ni esperanzas.

La única esperanza que tenía era que Poppy lo amara. Pero era mucho pedir.

E incluso si lo amara, lo peor que podría pasarle sería fallarla.

–¿Shane? –la voz de Jenny le llegó a través de la puerta del dormitorio. Shane había vuelto al rancho de su hermano aquella noche y, sin apenas decir una palabra, excusándose por el cansancio del viaje, se había metido en la cama–. Teléfono –insistió Jenny abriendo la puerta–. Y parece importante.

No había nadie en el mundo con quien quisiera hablar en aquel momento... a menos que fuera Poppy, pensó de pronto sentándose en la cama.

Jenny entró y le dio el teléfono con una sonrisa burlona.

–¿Dígame?

–¿Nichols? –dijo una voz. No era Poppy, desde luego, pero hubiera reconocido aquella voz en cualquier parte–. Ayer estuviste toda la tarde sentado en tu camioneta frente a la tienda de mi hija –añadió gravemente. Shane cerró los ojos. No podía oír aquello; no podía soportar enfrentarse a aquel hombre que iba a decirle a la cara lo que ya sabía: que era un perdedor, un fracasado–. ¿Por qué no entraste?

La pregunta era tan inesperada que Shane creía haber oído mal.

–Usted sabe por qué –contestó por fin–. Usted, más que nadie, sabe por qué.

–No, no lo sé –la voz del juez era firme, implacable–. Creí que estabas enamorado de ella. ¿Es que no es así?

–Sí –contestó Shane después de una pausa.

–Entonces, ¿por qué te fuiste?

–Porque... no tengo nada que ofrecerla y usted lo sabe. Usted me conoce bien.

–Creía conocerte –dijo el juez después de una pausa–. Creí que tenías convicciones y creí que tenías valor suficiente para soportar un castigo que sabías merecido y que nunca le hubiera impuesto a un hombre con menos carácter. Pero tú soportaste las consecuencias y siempre te había admirado por ello –añadió, haciendo después una pausa. Shane no entendía nada de lo que estaba oyendo, como no había entendido que Rance, su héroe, creyera que él era un ejemplo–. Pero te diré una cosa; nunca hasta ahora hubiera pensado que eras un cobarde.

Era un cobarde.

Poppy había visto la camioneta frente a la tienda aquella tarde y el corazón le había dado un vuelco. Pero, poco después vio que se marchaba.

Al principio no lo había creído. Había pensado que iba a dar la vuelta a la manzana, a buscar aparcamiento; lo que fuera. No podía creer que se marchara.

Pero se había ido.

—¿La camioneta roja que había frente a la tienda no era la de Shane? —había preguntado su padre, entrando en la tienda.

—Sí —contestó ella—. Creí que había vuelto por mí —añadió, sin poder evitar las lágrimas.

—Es un buen chico —dijo su padre, intentando consolarla.

—Es un obstinado, un impulsivo y un idiota.

—Bueno, pero es un buen chico —había sonreído su padre.

Poppy recordaba aquella conversación tumbada en la cama, sin poder dormir.

—Maldito sea —había dicho en voz alta, despertando a su gato, que la miró con desaprobación—. Es un idiota.

De repente, unos golpes en la puerta la hicieron dar un salto. ¿Quién podría ser?, se preguntaba. Seguramente alguien que se había confundido de piso.

Los golpes volvieron a repetirse, aquella vez con más insistencia.

Poppy se levantó, se puso el albornoz y fue a mirar por la mirilla. El hombre estaba de espaldas y tenía los hombros un poco inclinados, para evitar la nieve que llevaba horas cayendo sobre el porche. Pero no había duda de quién era.

Poppy volvió a su dormitorio y se metió en la cama, temblando. No tenía ningún deseo de hablar con Shane Nichols.

Si tenía algo que decir, debería haberlo dicho aquella tarde. Si estaba allí en ese momento, era porque su padre le había llamado; de eso estaba segura.

Y no quería oír lo que tuviera que decirle.

Él volvió a llamar, aquella vez con más fuerza.

–Vete –dijo Poppy, poniéndose la almohada sobre la cabeza.

–¡Poppy! ¡Abre la puerta! ¡Abre la puerta ahora mismo! –le oyó gritar. Si seguía así, despertaría a los vecinos y alguien llamaría a la policía.

–¡Márchate! –dijo en voz alta. Le hubiera encantado ver cómo se lo llevaban esposado.

–¡Poppy! ¡Tengo que hablar contigo! ¡Necesito hablar contigo!

Ella lo ignoró, pero la señora Patters, la vecina de al lado, no lo hizo.

–¿Está borracho, jovencito? ¡Si no se va ahora mismo, llamaré a la policía! –exclamó la mujer.

–¿Poppy? –dijo desde la puerta Shane, en voz baja–. Poppy, ábreme, por favor –después, estuvo unos segundos esperando que hubiera alguna reacción–. Muy bien, si tú lo quieres...

151

Cuando Poppy se quitó la almohada de la cabeza, oyó unos pasos que se alejaban y se tapó la cara con las manos. Se había ido. Era lo que tenía que ocurrir, pero se había ido. Era lo mejor, pero se sentía vacía y desesperada.

De repente, oyó unos arañazos en la ventana de su habitación y se quedó rígida.

De nuevo, golpearon el cristal y oyó una maldición en voz baja.

–¿Es que quieres que me mate? Pues muy bien. Si no abres la ventana en cinco segundos, no podré seguir sujetándome, me partiré el dedo del todo y me caeré de cabeza.

Poppy saltó de la cama y abrió la ventana. Shane estaba colgando de la escalera de incendios y la sonreía.

–¡Eres idiota! ¿Qué crees que estás haciendo?

–Podías haber abierto la puerta, pero supongo que estás un poco molesta conmigo.

–¡Estoy furiosa contigo!

–No te culpo –dijo él–. Pero, ¿podríamos seguir hablando dentro? Me estoy resbalando.

Poppy lanzó una maldición y alargó la mano para ayudarlo a entrar. Una vez dentro del dormitorio, Shane se sacudió la nieve del pelo y la chaqueta, mojando el suelo de madera.

–¡Shane!

–¡Poppy! –exclamó él, acercándose para abrazarla.

–¡No! –exclamó ella, apartándose–. No pienso besarte.

La luz que iluminaba sus ojos se apagó, igual que la sonrisa.

–Tampoco te culpo por eso –dijo él. Poppy tomó el albornoz y se lo puso, encendiendo después la luz, como si aquello fuera a protegerla–. Te quiero, Poppy–, lo dijo con la mayor naturalidad del mundo y, con la mayor naturalidad, acababa de romper todas las defensas de ella. Todas y cada una. Poppy no podía hablar. No se atrevía–. Lo digo de verdad. No tengo nada que ofrecerte, pero... tu padre tiene razón. No puedo ser un cobarde.

–¿Mi padre?

–Me ha llamado. Me ha dicho que vio mi coche en la puerta de tu tienda y me ha preguntado por qué no me he atrevido a entrar. Pero sabía muy bien por qué.

–¿Por qué?

–Porque no quería presentarme ante ti con las manos vacías.

–Pero...

–Tu padre lo sabía –dijo Shane–. Algún día, si hay algún día entre nosotros te contaré algunas cosas –añadió suavemente–. Él ha hecho que me dé cuenta de que tengo que empezar a pensar en el futuro, que no puedo seguir cerrando los ojos. Sé que tiene que haber algo para mí, pero sólo puedo hacerlo si tú estar conmigo, Poppy –siguió, mirándola a los ojos. Poppy lo miraba sin decir nada y, de repente, empezó a llorar–. No, por favor, no llores. Lo siento, me voy si quieres.

–¡No! –exclamó Poppy lanzándose a sus brazos, escondiendo la cara sobre su pecho.

–¿Ésto quiere decir... quiere decir...? –empezó a decir él, levantando su barbilla con el dedo. Ella lo miró con los ojos llenos de lágrimas–. No voy a arrepentirme nunca de esto, Poppy. Nunca, ni en un millón de años.

Después de aquello, se amaron. Dulce, tiernamente. Él la amó con todo el deseo y la pasión que había guardado durante aquellas semanas y lo amaba también. Podía ver el amor en sus ojos cuando la miraba. Podía oírlo en sus susurros. Podía sentirlo en sus manos.

Por mucho placer que él le proporcionara, ella le proporcionaba el doble.

–¿Dónde has aprendido a hacer eso? –le preguntó él por la mañana, mientras se miraban exhaustos.

–He tenido tiempo de pensar en lo que quería hacerte mientras tú te perdías por todo el país –sonrió ella, pasando el dedo por su pecho, su vientre... y más abajo.

Shane sintió un escalofrío. No podía creer que pudiera volver a sentirse excitado después de todo lo que habían hecho aquella noche, pero desde luego Poppy podía excitarlo en cualquier momento.

–Puedes hacerme eso cuando quieras. Cuando tú quieras.

Había amanecido cuando Poppy empezó a quedarse dormida en sus brazos.

Shane también estaba cansado, pero no podía cerrar los ojos. Tenía que seguir mirándola para asegurarse de que estaba en sus brazos. Inclinando un poco la cara, la besó en los labios.

–¿No es un sueño? –preguntó ella, adormilada, acariciando su cara.

–Espero que no. ¿Quieres casarte conmigo, Poppy? Ya sé que Rance es mejor partido que yo...

–Sí...

–Sé que él tiene mucho más que ofrecer... ¿Qué? ¡Se supone que tienes que decir que no!

–He dicho que *sí* a casarme contigo, mi amor –replicó ella, colocándose sobre él y moviéndose mimosa–. Ya sé que Rance es un chico muy listo, guapo, rico...

–¡Ya está bien!

–Pero él no es el hombre que quiero –susurró, apretándose fuertemente contra él.

–Gracias a Dios –dijo Shane, casi sin voz.

Se casaron en primavera, en la iglesia en la que Milly no se había casado con Mike, en la iglesia en la que Cash había montado el escándalo y de la que, una vez, Poppy había sido secuestrada.

Fue una boda preciosa. Poppy había preparado las flores ella misma. Milly y Cash estaban invitados y, aunque no se sonrieron, tampoco terminaron a golpes. Rance apareció con una amiga y el padre de Poppy la acompañó por el pasillo, sorprendentemente feliz de entregársela a Shane.

Después de la boda, la recepción se celebró en un restaurante de Livingston. Poppy y Shane estaban de acuerdo en casi todos los detalles. Los invitados, los doscientos cincuenta, disfrutaron del banquete y después los novios cortaron una deliciosa tarta de tres pisos.

—Ahora empieza nuestro futuro, Shane —sonrió Poppy, mirándolo a los ojos. Una sonrisa que le duraría toda la vida.

Deseo®...
Donde Vive la Pasión

¡Añade hoy mismo estos selectos títulos de Harlequin Deseo® a tu colección!

Ahora puedes recibir un descuento pidiendo dos o más títulos.

HD#35143	CORAZÓN DE PIEDRA de Lucy Gordon	$3.50 ☐
HD#35144	UN HOMBRE MUY ESPECIAL de Diana Palmer	$3.50 ☐
HD#35145	PROPOSICIÓN INOCENTE de Elizabeth Bevarly	$3.50 ☐
HD#35146	EL TESORO DEL AMOR de Suzanne Simms	$3.50 ☐
HD#35147	LOS VAQUEROS NO LLORAN de Anne McAllister	$3.50 ☐
HD#35148	REGRESO AL PARAÍSO de Raye Morgan	$3.50 ☐

(cantidades disponibles limitadas en algunos títulos)
CANTIDAD TOTAL $_____
DESCUENTO: 10% PARA 2 O MÁS TÍTULOS $_____
GASTOS DE CORREOS Y MANIPULACION $_____
(1$ por 1 libro, 50 centavos por cada libro adicional)

IMPUESTOS* $_____

TOTAL A PAGAR $_____
(Cheque o money order—rogamos no enviar dinero en efectivo)

Para hacer el pedido, rellene y envie este impreso con su nombre, dirección y zip code junto con un cheque o money order por el importe total arriba mencionado, a nombre de Harlequin Deseo, 3010 Walden Avenue, P.O. Box 9077, Buffalo, NY 14269-9047.

Nombre: _____

Dirección: _____ Ciudad: _____

Estado: _____ Zip code: _____

Nº de cuenta (si fuera necesario): _____

*Los residentes en Nueva York deben añadir los impuestos locales.

Harlequin Deseo®

CBDES1

Gabriel Verne se había casado con Joanna cuando ella era una joven inexperta de dieciocho años. Joanna adoraba a su marido, pero los sentimientos de Gabriel habían estado motivados más por el deber hacia la protegida de su padre, que por el deseo. Tras una luna de miel agridulce, él la abandonó.

Durante años habían llevado vidas separadas, pero ahora Gabriel había regresado a casa para reclamar su herencia... y a su esposa. Según las cláusulas del testamento de su difunto padre, Joanna y él debían vivir juntos como marido y mujer durante un año y un día. Aunque ella aún lo amaba, estaba dispuesta a renunciar al legado antes que vivir con un hombre que no la amaba. Pero Gabriel persistió... ¡deseaba recuperar a su esposa a cualquier precio!

Un año y un día juntos

Sara Craven

PIDELO EN TU QUIOSCO

Hermosa y con apenas veinticuatro años, Jackie du Marcel se había enamorado de un hombre mayor. Un hombre atractivo y experimentado, que no quería saber nada de una mujer joven e inexperta. Y en esa ocasión ni siquiera podía ayudarla su hermana gemela... Jackie dependía de sí misma. ¿Cómo iba a ganarse el corazón de Ben Davis?

Ben Davis era un empresario pragmático que no estaba dispuesto a aceptar lo que Jackie le ofrecía. Si apareciera escasa de ropa, cerraría los ojos. Si se mostrara dulce y comprensiva, se marcharía. Pero si se arrojaba a sus brazos, quizás fuera incapaz de resistirse...

PIDELO EN TU QUIOSCO

Blythe era una muchacha alegre, sensible y llena de vida a la que todo el mundo adoraba... con la excepción de su nuevo y misterioso vecino.

Jas Tratherne era la antítesis de Blythe: taciturno y distante, y no estaba dispuesto a permitir que se le acercara.

Pero Blythe estaba convencida de que bajo aquella coraza había un hombre apasionado, e hizo lo imposible para romper la armadura.

Y lo consiguió.

Sin embargo, a pesar de todos sus esfuerzos, todavía había muchos secretos que Jas no quería desvelar...

Pasión en verano

Daphne Clair

PIDELO EN TU QUIOSCO